AF561322

ADRIAEN VAN DE VENNE

PAR

D. FRANKEN Dz.

AMSTERDAM,
C. M. VAN GOGH.
1878.

IMP. TYP. DE BINGER FRÈRES, AMST.

A la Bibliothèque
Nationale
L. Franken Dr

Vignette du livre de J. Cats. Houwelijck 1625.

ARMES DE ZÉLANDE

VIGNETTE DU LIVRE: CHRONICI ZELANDIAE

LIBRI DUO.

AUCTORE JACOBO EYNDIO.

La publication des notes suivantes sur Adriaen van de Venne et ses œuvres a pour but de préparer une monographie plus complète de ce peintre intéressant sous bien des rapports.

Ses tableaux, ayant souvent passé pour des Breugel, des Pourbus ou des van Balen doivent être plus nombreux que les 70 que j'ai pû mentionner dans ces pages. Les rechercher, les décrire quand ils auront été retrouvés, sera je l'espère, Monsieur, la réponse que vous voudrez bien donner à la requête que je vous adresse, de m'aider dans ce travail.

J'ai mieux aimé donner des résultats incomplets, qu'attendre, sachant que la communication de ce que j'ai rassemblé, serait le seul moyen d'obtenir des renseignements complémentaires.

Il me reste à remercier ceux qui ont bien voulu me prêter leur concours jusqu'ici, MM. van der Kellen et de Vries conservateur et conservateur-adjoint du cabinet des Estampes à Amsterdam, M. Scheltema, chef de la maison Fred. Muller & Cie. dans la même ville et M. Georges Duplessis conservateur-adjoint du Cabinet des Estampes de Paris.

Paris 3. *Rue de Boulogne.*

D. FRANKEN Dz.

ADRIAEN VAN DE VENNE.

PEINTRE, DESSINATEUR,

POËTE.

1589–1665.

ADRIAEN VAN DE VENNE naquit à Delft en 1589 de parents riches, originaires du Brabant, peut-être refugiés en Hollande lors des persécutions par les Espagnols. Il reçut une éducation soignée et une bonne instruction scientifique à Leyden, mais il paraît que son goût pour les arts libéraux l'attira vers la peinture. On nomme comme ses maîtres Simon de Valk, orfèvre et peintre et Hieronymus van Diest, peintre de grisailles. Le peintre de ce nom, connu des biographes, vivait cependant plus tard et son frère Willem était trop contemporain de van de Venne pour avoir été son maître. Mr. Kramm parle d'une marine de ce Willem, dont l'eau est d'un ton fin et argentin, qualité que nous trouvons aussi dans la vue de Middelburg de notre peintre. On comprend que van de Venne ait cherché ses premiers maîtres dans le voisinage de sa ville natale et qu'il ait appris le dessin comme beaucoup d'autres peintres chez un orfèvre, mais je crois, sans en avoir les preuves matérielles, qu'il est allé à Anvers et qu'il y a travaillé chez Jean Breugel de Velours. Il y a dans plusieurs de ses tableaux une recherche du fini et une manière de traiter les lointains qui fait penser au maître d'Anvers. Il est juste de dire que le talent de van de Venne est bien plus grand et plus original, lorsqu'il s'est affranchi des souvenirs de son apprentissage.

Il doit toujours être retourné à Delft ou à la Haye avant 1615, date du tableau miniature du Prince Maurice allant à la chasse. C'est là qu'il aura peint en 1616 le tableau emblématique des trêves conclues entre les Espagnols et les États généraux en 1609, la Kermesse de Ryswyck en 1618 et vers la même année les deux portraits des Princes d'Orange. Ce sont surtout ces tableaux de 1615 et 1616 et la Pêche des âmes de 1614 qui, dans les paysages, font penser à Breugel.

En 1619, je crois déjà en 1618, nous le trouvons à Middelburg où son frère Jan Pietersz van de Venne était établi comme libraire éditeur.

Il y débuta par le dessin ou le tableau de l'arrivée de l'Électeur Palatin à Flessingue que son frère fit graver et publia en 1618, et par les titres du *Silenus Alcibiadis* de Cats. Il s'associa avec son frère pour la publication de gravures d'après ses tableaux ou dessins, car nous trouvons le 13 Avril 1619 une résolution des États Généraux accordant aux fréres van de Venne

300 florins pour la livraison de 25 portraits sur satin des Princes Maurice et Fred. Henri. Pendant les sept ans qu' Adriaen a habité la Zélande, il doit avoir exploré en artiste et en poëte les villages riches de l'île de Walcheren; ses œuvres poëtiques et ses tableaux nous en fournissent les preuves. *Le Zeeusche Nachtegael*, surtout le *Tafereel van Sinnemal*, contiennent une quantité de particularités curieuses sur la vie des paysans et des bourgeois.

Peu de temps avant la mort de Jan Pietersz qui doit avoir eu lieu entre le 22 Mars et le 16 Mai de l'année 1625, Adriaen est allé se fixer de nouveau à la Haye. Le privilége du *Houwelyck* de Cats, accordé à lui et à son frère le 22 Mars le désigne comme demeurant dans cette ville, sur le quai nommé *Fluweele burghwal t'ende de poten*.

Il se fit inscrire en 1625 dans la corporation des peintres.

Après cette date ce sont surtout les dessins et les grisailles qui paraissent avoir occupé van de Venne. En parcourant la liste chronologique de ses œuvres on est étonné de ne trouver de lui dans certaines années qu'une ou deux compositions, dessins ou tableaux, et on doit penser que bien des œuvres ont été perdues, puisqu'en 1635, dans la lettre au sécrétaire de Fréd. Henri, Constantin Huygens, on le voit dire: *chaque jour occupé de l'art*. De plus les documents qui suivent, nous montrent van de Venne comme un des membres zêlés de la confrérie des peintres, en

1640 comme chef. En 1660 encore on le voit dessiner d'une main assez ferme le départ de Charles II du pays où ce prince avait reçu l'hospitalité, preuve que son activité ne s'était pas ralentie, mais ce ne sont plus les fines et spirituelles œuvres d'avant 1625. Comme on aimerait à suivre les changements dans les mœurs et coutumes réprésentés par notre artiste depuis 1614 jusqu'au milieu du 17e Siècle! Mais à moins qu'on ne retrouve des tableaux qui sont encore inconnus pour le moment, nous devrons nous contenter d'admirer le grand talent de van de Venne jusqu'en 1625 et l'apprécier comme peintre de mœurs depuis cette année jusqu' à sa mort.

En 1625 on trouve notre artiste dans la gilde de S. Luc à la Haye. En 1631 il y était *hooftman* (chef). Dans les notes extraites par M. van Westrheene des livres de la gilde on lit à l'année 1631: „Le chef „Adriaen van de Venne a dessiné le *wimpelstrick* „(nœud) et les armes avec les ornements pour les deux „grands bocaux en argent, dans lesquels sont mis les „noms; ce que le dit van de Venne a offert à la gilde. „et la façon et la gravure sont payées par la gilde. „La valeur de l'argent est venue de M. Gerrit Dyckmans „comme cadeau à la corporation pour tenir sa loterie."

Plus loin on trouve: „Vu que le doyen Adriaen „van de Venne et les chefs Jan van Goyen, Jacob „Hackee (ou Harkel?) Bartholomeus van Bassen et „Gabriel van Montfoort ont trouvé qu' il était néces-„saire de réparer le tableau abimé de la corporation, qu'on

„aurait pû restaurer depuis longtemps, le doyen et les „chefs susnommés ont employé les revenus qui rentreront „pour faire un grand tableau avec de la poësie en l'honneur „de la gilde de S. Luc, auquel ils ont contribué eux-mêmes „trente florins, vu qu'en souvenir d'eux les armes de „chacun ont été posées (peintes sous le tableau nommé, „le 16 Octobre 1640." Adriaen était en 1656 parmi les fondateurs de la nouvelle Chambre de Pictura à la Haye. M. van Westrheene a trouvé dans les registres des baptêmes les enfants suivants d'Adriaen: Elisabeth 5 Octobre 1631, Adriana 24 Juillet 1633, Johannes 18 Juin 1636. Rien sur Huybert qui est peut-être né à Middelburg.

Dans les registres des Ventes, Mai 1676. — „Par „Gerard Overdyk, avocat, nommé le 15 Oct. 1675 „curateur de la succession de David Russel, ayant „épousé Elisabeth van de Venne et par Huibert van de „Venne, maître peintre ont été vendues deux maisons „ayant appartenu à leur père Adriaen v. d. Venne, l'une „dans le Heerestraat (côté du sud), l'autre sur le nou„veau Marché aux tourbes, la huitième maison depuis „le Heemstede, à côté d'un portique." C'est dans cette dernière maison qu' Adriaen a demeuré; une pierre dans la façade portait l'inscription: *In de drie Leerconsten.*

Van de Venne est mort à la Haye en 1665 probablement. Suivant un document publié par M. van Westrheene il payait encore dans cette année le *Straatgeld.*

La biographie de van de Venne est courte et si nous voulons en savoir davantage sur l'homme, il faudra consulter ses œuvres tant littéraires qu'artistiques. Son portrait, qui a été gravé d'après son propre dessin par D. van Bremden et W. Hollar et qu'il a d'ailleurs placé dans plusieurs de ses tableaux et dessins *) nous montre une figure honnête, tranquille, agréable, un peu pensive. Il comptait parmi ses amis plusieurs personnes occupant une place honorable dans le monde des arts et des sciences, Jacob Cats, Simon van Beaumont parmi les poëtes, Michel Le Blon, diplomate et graveur, Jacob de Gheyn, Willem Jacobsz Delff, Magdalena van de Pas parmi les artistes. On a dit qu'il était le peintre officiel des Princes d'Orange. Je ne le crois pas, parceque du vivant du Stadhouder Maurice, il a passé plusieurs années à Middelburg, ville assez éloignée de la résidence du prince et la lettre déja citée prouve suffisamment que Frédéric Henri qui succéda à son frère Maurice en 1625 ne possédait aucun tableau de van de Venne. Mais nous voyons toutes ses demandes de privilèges et toutes ses offres de gravures ou de livres favorablement reçues et bien recompensées par les Etats généraux des Provinces Unies.

*) Sur le tableau d'Amsterdam »Les pêcheurs d'âmes" de 1614, sur le devant; sur le tableau du Louvre, sur le devant en 1616; dans la gravure de »l'atelier de peintre." Houwelyck de J. Cats page 24, 1625; dans »le Siége de Bois le Duc" en 1629; dans »la Cavalcade des princes d'Orange," même année etc.

Sa devise : *Ick soeck en vindt* (je cherche et je trouve) le caractérise. Il cherche partout ses motifs, parmi le beau monde et les paysans, pour poëtiser et deviser la plume ou le crayon à la main. Chez lui point d'élans superbes dans ses ouvrages, point d'effets saisissants dans ses tableaux, mais une philosophie pratique, une poësie accessible à tous, comme la comprenaient ses compatriotes ; une pointe d'ironie perçant souvent mais pourtant la recherche du bon côté de toutes choses et comme dans le tableau du Louvre écartant la Haine et l'Envie. Tenant à l'ancienne école, van de Venne est amateur de l'emblématique, il cherche à moraliser et quand il admire et peint avec un soin minutieux les princes, les grands seigneurs et les belles dames, il garde une place dans ses poësies ou ses tableaux pour quelque paysan ou mendiant, qui avec sa mine gauche et son air moqueur médite sur sa vie pauvre mais tranquille.

Ces dispositions firent de van de Venne le collaborateur prédestiné de Jacob Cats, le poëte populaire qui, peut-être trop vanté pendant deux siècles pour être ensuite trop peu apprécié, n'en a pas moins eu de grands mérites.

Les préfaces de quelques œuvres de Cats nous apprennent que l'auteur des illustrations faisait ces spirituelles compositions suivant les indications du poëte. Mais van de Venne n'avait pas besoin de l'inspiration des autres pour trouver ses sujets. En fin observateur il saisit à merveille le caractère de ses personnages et en dessinateur parfait il sait les rendre avec esprit. Ses seigneurs sont distingués, ses dames gracieuses, ses paysans gauches, ses mendiants informes. C'est la jeune Hollande, fière de son indépendance nouvellement conquise, un peu rude et bruyante dans ses plaisirs, aimant le luxe, les beaux costumes, qu'il nous montre, comme Gerbrand Adriaansz. Bredero nous la peint dans ses comédies.

Ce que van de Venne pense de l'art, il nous le dit dans un poëme, *Zeeusche Meyklacht* (Complainte de Mai par un Zélandais) qui se trouve dans son recueil du *Zeeusche Nagtegael* 1622 (le rossignol de la Zélande). „Un jeune homme sort de grand matin pour se promener et pensant à sa bien aimée, se plaint d'être loin d'elle; mais il pense à son art et commençant de suite le portrait de la demoiselle, sa bonne humeur lui revient et il fait l'éloge de l'art." „Qui, „dit-il, qui peut assez honorer un art si doux, si agréable, „si utile, qui permet d'avoir toujours sous les yeux, „ce que l'on ne voit pas, qui montre tout ce qui se „passe dans le monde, la vertu et le vice. Ah! poësie, „quand vous voulez donner la main à la peinture, „quelle belle union! Vous consolez ou rendez triste, „vous enflammez ou appaisez, conseillez et laissez déviner, „et la peinture, elle fixe le souvenir d'hier et d'aujour„d'hui, elle parle de la main, elle montre aux méchants „leurs défauts, elle éternise tout ce qui parait oublié. „L'art est difficile, il faut exercer sans cesse l'imagi„nation et l'esprit. Mais aussi quel beau résultat! „Tout ce qu'un esprit élevé peut voir d'invisible, l'art

„du peintre le représente comme si c'était arrivé. Et „de combien les bonnes peintures ne sont elles préfé-„rables aux tapisseries et aux cuirs, qui se gâtent par „le temps, tandis que les panneaux peuvent être faci-„lement nettoyés *). L'art ancien est le plus apprécié, „le maître est mort, son ouvrage est loué. Je m'adresse, „dit-il, comme pour oublier ce côté matériel de l'art, „je m'adresse de nouveau à ceux qui aiment les arts „pour rassasier les yeux et cultiver l'esprit. L'art et „la science sont les seuls biens que l'on ne pourra „vous ravir. Le voleur aura beau chercher et fouiller, „il devra vous laisser votre art et votre science. Donc „aimez toujours l'art et même quand vous verrez des „défauts dans ses productions, ne jugez pas trop vite „mais regardez surtout aux qualités."

L'œuvre de van de Venne se compose de tableaux en couleurs, de peintures monochromes ou grisailles et de dessins. On a dit qu'il a manié lui-même le burin ou la pointe et le savant Nagler lui attribue les gravures de l'édition de 1632 des *Sinrycke Fabulen der dieren* par S. Perret, à cause des monogrammes que l'on y trouve. Je ne saurais décider cette question ; sur la belle planche accompagnant *le Slypersliedt* (chanson du Gagnepetit) dans le *Rossignol de Zélande*

*) Encore une des preuves multiples que les tableaux étaient considérés commes des meubles dans ce temps qui ne connaissait pas encore les musées, mais où en revanche toutes les maisons bourgeoises formaient ensemble un musée national comme il ne s'en trouve plus.

se trouve également le monogramme de l'artiste légèrement tracé; s'il a gravé cette estampe il a été maître dans cette branche de l'art. Mais partout, dans les privilèges, dans les vers chantés en son honneur par ses amis, Adriaen van de Venne, n'est jamais désigné que comme *peintre et dessinateur*. Tant que l'on n'aura pas trouvé des planches avec le *„fecit"* du graveur je douterai que notre peintre ait manié le burin ou la pointe.

Les tableaux en couleur de van de Venne sont peu nombreux, comme la liste de ses œuvres le prouvera, et ceux que nous connaissons sont tous du premier temps de sa carrière d'artiste. Ils sont tous peints avec beaucoup de soin et comme il y en a qui contiennent des centaines de figures, ils doivent lui avoir coûté beaucoup de travail. Il n'y a pas entre eux beaucoup de différence de manière comme chez d'autres maîtres; le paysage seulement des premiers tableaux est, quoique plus directement inspiré par la nature, dans le genre de Breughel de Velours et son école, tandis que le tableau du port de Middelburg (1625) montre des qualités bien supérieures, qui rangent notre peintre parmi les très bons paysagistes de la première moitié du 17e siecle. Dans les tableaux où van de Venne a introduit une rivière ou un canal, il se montre encore maître dans cet élement. L'eau dans la *pêche d'âmes*, dans la *chasse au faucon* et dans le *port de Middelburg* est d'une transparence parfaite et le mouvement en est dessiné avec la plus grande vérité. Il serait curieux de retrouver la bataille navale de Rammekens (No. 7 des *tableaux passés dans des ventes*) pour compléter

le jugement favorable que nous pouvons déjà former sur van de Venne comme peintre de marines.

Si les sites où se passent les scènes que notre artiste a retracées, ont déjà beaucoup d'attrait, ce sont surtout les figures qui, chez lui, font le charme du tableau. On peut lui reprocher avec raison d'avoir souvent sacrifié l'unité du tableau à la perfection qu'il a mise dans tous les groupes et on a dit qu'on pourrait prendre dans une seule composition plusieurs tableaux complets. N'était ce pas cela encore un reste de l'ancienne école à laquelle il appartenait?, et on ne saurait trop lui en vouloir d'avoir tenu à se conformer à la tradition. En tous cas il a bien racheté ce défaut par d'autres qualités. Telles têtes, telle pose dans la *pêche des âmes* vaut tout autre tableau du meilleur maître hollandais. Th. de Keyser si justement celèbre n'aurait pas mieux peint ces gamins à la mine ironique, ces têtes venérables de docteurs ou de magistrats hollandais et il y a dans ce riche costume du fou ou nain de l'archiduc Albert comme un avant-gout des brillants vêtements dont Rembrandt habillait les modèles vulgaires, qu'il métamorphosait en princes orientaux. Van de Venne n'a rien négligé dans ses tableaux. Ainsi que l'a dit Bürger, il a ciselé les têtes comme le plus fin médailliste, il a rendu les accessoires avec une fidélité étonnante, et ce qui est plus étonnant, c'est qu'il a su éviter la sècheresse et n'imiter en aucune façon les tours de force de Guillaume van Mieris et les petitesses d'exécution des artistes de la décadence.

L'éloge qu'on se plaira à accorder aux tableaux en couleurs ne saurait pas être également attribué aux grisailles. Il y en a, comme les deux tableaux de Mr. Six à Amsterdam et quelques autres, qui sont fins de dessin et de ton, mais il faut avouer, que la plupart sont d'un dessin lâché et négligé et manquent de distinction. Plusieurs connaisseurs à qui nous en parlions ont partagé notre étonnement à ce sujet. Si la plupart de ces grisailles ne portaient pas la signature du maître, on serait porté à les attribuer à Huybert van de Venne, qui a également peint des tableaux monochromes, mais dont les productions nous sont demeurées inconnues.

Il est vrai que ces illustrations de proverbes, danses de gueux &c. ayant servi à orner les grands vestibules et les couloirs des maisons hollandaises, demandaient par cela même moins de fini, mais il reste inexplicable comment notre peintre a pû se décider à changer si sensiblement sa manière autrefois si spirituelle.

A-t-il voulu, en abandonnant ses anciennes préférences, se ranger parmi les maîtres à effet, nous ne saurions le dire, mais faute d'explication suffisante, nous regrettons qu' Adriaen n'ait pas continué la série si belle et si intéressante commencée par la *Pêche des âmes.*

Les dessins de van de Venne sont très nombreux; ils sont inégaux de qualité. A la plume et à l'encre de chine, faits pour des graveurs qui les ont merveilleusement rendus, ils sont le plus souvent assez fins et spirituels. Dans la préface du livre *Moral Emblems... from Jacob Cats and Robert Farlie, London. Longman,*

Green Longman and Roberts 1860, il est dit que Sir Josua Reynolds étant jeune prenait beaucoup plaisir à étudier les illustrations que van de Venne avait composées pour les ouvrages de Cats et les copiait soigneusement.

Dans les grisailles, et dans les dessins, quand même ils sont lourds et négligés, il y a par ci et par là des détails qui montrent que la main du maître était encore habile et qu'il se souvenait des belles figurines de ses débuts.

Une note de P. Terwesten, citée par M. C. Kramm, ferait penser que van de Venne aurait aussi peint quelques vitraux pour la maison de campagne de Jacob Cats. Adriaen van de Venne reste un des maîtres intéressants sous tous les rapports. Comme précurseur de la grande école, comme artiste original et spirituel, comme peintre des mœurs il mérite d'être de plus en plus connu et apprécié.

Van de Venne a signé ses tableaux et ses dessins de son nom en toutes lettres *Ad (accolés) v. Venne, ou* A. V. VENNE; sur quelques unes des gravures exécutées d'après lui se trouve le monogramme composé d'un A. et de deux V. mentionné par Nagler, *Monogrammen Lexikon. I* N°. 1388.

Lettre de van de Venne à Constantin Huygens,

publiée par M. VAN WESTRHEENE.

Ed. Heer C. HUGENS.

Myne schuldige Plicht die beweeght my deesemael UEd. Eerbiedige te begroeten, daer beneffens te voegen een Belachende Werelt, voor U Oogen Lust. Als UEd. eenige overtyt heeft. By..... onsen Loffelyke Hage; daer wy UEd...... gesonden doen hoopen weder te sien..... Versoekende altyt UEd. genegentheyt over de Konst, die ik alle dagen noch by de hant hebbe, om eyndlyck eens te verkrygen dat ick mochte de eere hebben wat aerdighs te maecken in de Konstkamers van den Doorluchtigen Prince van Orange gelyck andere hebben gedaen. Daertoe kon UEd. my wel helpen met gelegenheyt; mitsdien dat ick sal danckbaer syn.

Blyven UEd. dienstschuldige,

ADR. V. VENNE,

Hage, den 5 *Augusti* 1635.

Aen de Edele
Heere CONST. HUGENS,
Ridder ende Secretaris
van den Doorluchtigen Prince
van Orangien.
Hage

Monsieur HUGENS,

Mon devoir me pousse cette fois à Vous offrir, mes compliments respectueux, et d'y joindre un *Belachende Werelt* (le monde risible), pour le régal de Vos yeux. Quand Vous aurez quelques loisirs. Avec.... notre célèbre Haye (la Haye); où... nous espérons Vous revoir en bonne santé.... Invoquant toujours Votre bienveillance pour l'art, que j'exerce encore journellement, pour arriver enfin à faire quelque chose de joli dans les galeries de l'illustre Prince d'Orange, comme l'ont fait d'autres (artistes). Vous pourriez, à l'occasion m'aider à cela, ce dont je Vous serai reconnaissant.

Je reste Votre serviteur,

ADR. V. VENNE,

la Haye, 5 Août 1635.

Au noble
Seigneur CONSTANT. HUGENS,
Chevalier et Sécrétaire,
de l'illustre Prince
d'Orange.
la Haye.

PRIVILÉGES

ET

ACTES OFFICIELS.

18 Août 1618. Jan Pietersz. van de Venne obtînt des États-Généraux le privilège de publier pendant 6 ans les gravures de *l'Arrivée de l'électeur palatin du Rhin avec sa femme à Flessingue et les portraits de Maurice et de Fred. Henri d'Orange (gravés par W. Jz. Delff)* — Cette résolution fût prise sur une requête présentée par lui le même jour, dont le contenu suit: „*Aux „seigneurs très-puissants les Etats-Généraux des Pays-„bas Unis Représente avec respect Jan Pietersz. van de „Venne, demeurant à Middelburg que lui supphant a „gravé (fait graver) à des frais très grands et exces-„sifs la ville de Flessingue et l'arrivée du comte Palatin „et de la comtesse, y joint le vaisseau royal d'Angleterre. „Egalement d'après nature les personnes de son Excel-„lence le Prince et de son Excellence Henri Frédéric „de Nassau etc. comme le prouvent les exemplaires „annexés. — Et vu que lui, suppliant, craint que par „un envieux ces planches ne soient gravées et contre-„faites en cuivre, bois ou autrement, ce qui serait à „son grand détriment, ce qu'il ne croit pouvoir empê-„cher que par des lettres de brévet de Vos Puissances, „il s'adresse avec respect à Vos Puissances pour obtenir „des lettres patentes pour douze ans, afin que personne „dans ce temps ne puisse copier ou reproduire en partie „ou en entier ces ouvrages dans les Provinces Unies „ou les y importer, sous peine des exemplaires saisis „et en sus d'une amende profitable et arbitrale.* —

13 Avril 1619. Sur la présentation de Jan Pietersz. et Adriaen van de Venne on leur prend 25 *Exemplaires sur satin des portraits de Maurice et de Fréd. Henri d'Orange.*

16 Avril 1619. On leur accorde pour cette livraison £ 300.— (300 florins).

26 Juin 1621. Jan Pietersz. obtient un privilège de 6 ans pour reproduire *la cavalcade des princes d'Orange.*

25 Sept. 1621. On prend à Jan Pietersz. et Adriaen quelques Exemplaires de cette gravure pour £ 24.—

28 Sept. 1621. L'amirauté d'Amsterdam accorde au peintre van de Venne 100 fl. pour quelques Exemplaires de cette gravure.

22 Juillet 1622. Jan Pietersz. obtient privilège pour 7 ans pour la publication de

Tooneel der Mannelycke Achtbaerheyt, par J. Cats.

De Zeeusche Nachtegaal, par A. v. d. Venne.

Planche emblématique sur la tirannie du duc d'Albe (d'après A. v. d. V.)

Portrait de Guillaume I d'Orange (gravé par Delff d'après A. v. d. V.)

Costelyck Mal en het Haagse Voorhout, par C. Huygens.

22 Juillet 1622. Jan Pietersz. On lui prend 21 *Exemplaires de la planche emblématique de la tirannie &c.* à 6 Livres. 5 Escalins l'exemplaire.

22 Mars. 1625. Jan Pietersz. et Adriaen (la Haye) obtiennent privilége pour 15 ans pour la publication de *Houwelyck* et des autres œuvres *de J. Cats.*

21 Juillet 1625. On accorde à Adriaen van de Venne 36 florins pour la présentation du *Lit de parade de Maurice d'Orange.*

15 Février 1630. On prend à Adriaen 22 *Exemplaires du char de triomphe de Fréd. Henri d'Orange (gravé par D. van Bremden.)*

CHRONOLOGIE DE L'ŒUVRE

Anno

1614. L'Été. N°. 1. de la description.............. tableau.
1614. L'Hiver „ 2.......................... „
1614. La Pêche des âmes, N°. 3............... „
1615. Le prince Maurice d'Orange allant à la chasse
N°. 4................................ „
1616. Tableau allégorique des Trêves de 1609 N°. 5. „
1617. Portrait de Maurice d'Orange N°. 6......... „
1617. Idem de Fréd. Henri d'Orange „ 7......... „
1618. La Kermesse de Ryswyck N°. 8........... „
1618. Arrivée de l'électeur palatin à Flessingue en 1613............... tableau ou dessin.
1618. Frontispices de *Silenus Alcibiadis* de *J. Cats* et 1 pl... 4 dessins pour gravures.
1619. Apparition d'une comète en Hollande.................. 1 „ „ „
1619. Combat naval de C. Daniels . 1 „ „ „
1620. Emblème des Provinces Unies. 1 „ „ „
1620. Compositions pour *Selfstrijt* par *J. Cats*............... 5 „ „ „
1620 et 1623. Chateaux de Guillaume d'Orange, N°. 1—4 tabl. inconnus............... 4 tableaux.
1621 (vers). Cavalcade des princes d'Orange et de Nassau, N°. 9.......................... tableau.
1621. Portrait de W. Teelinck........ tableau ou d. p. gr.
1622. Emblême de la tyrannie du duc d'Albe dans les Pays-Bas....................... 1 d. p. gr.

Anno

1622. Les jeux d'enfants dans *Silenus Alcibiadis.* 1 d. p. gr.
1622. Composition pour *Batava Tempe* par *C. Huygens*........................ 1 „ „ „
1622. Compositions pour *Mannelijcke Achtbaerheyt* par *J. Cats* .... 4 „ „ „
1622. Compositions pour *Costelick Mal* par *C. Huygens*........................ 1 „ „ „
1622 (vers). Portrait de Guillaume d'Orange, N°. **10**. tableau.
1622. Compositions pour *Zeeusche Nachtegael.* 16 d. p. gr.
1624. Compositions pour *J. de Brune, Emblemata.* 51 „ „ „
1625. Lit de Parade de Maurice d'Orange, N°. **11**. tableau.
1625. Le même sujet........................ 1 d. p. gr.
1625. Le port de Middelburg, N°. **12** .... tableau.
1625. Couples de paysans.................... 2 dessins.
1625 ou 1626. Compositions pour le *Silenus Alcibiadis,* édition de 1627.......... 6. d. p. gr.
1625. Compositions pour *Houwelyck* par *J. Cats.* 39 d. p. gr.
1626. Le Dodo.............................. dessin.
1626. Compositions pour *Nederlandtsche Gedenckklanck* par *A. Valerius*.......... 8 d. p. gr.
1626—1630. *Spiegel van den Oude ende Nieuwen Tyt* par *J. Cats,* edition de 1632.... 125 d. p gr.
1628 ou 1629 Compositions pour *Quintyn, Hollantsche Lys ende Brabantsche Bely*.... 10 „ „ „
1628. Frontispice de *Hantvesten van Zuythollant*.......................... 1 „ „ „
1628. Portrait de Fréderic Henri d'Orange... 1 „ „ „
1628. Portrait d'Amalia de Solms........... 1 „ „ „
1629. „ Fréd. Henri d'Orange.......... 1 „ „ „
1629? Fréd. Henri à cheval avec ses généraux N°. **17** tableau.
1629. Siege de Bois-le-duc.................. 1 d. p. gr.

Anno

1629. *Nassousche Heldenhemel*, allégorie...... 1 d. p. gr.
1629. Char de triomphe de Fréd. Henri d'Orange 1 " " "
1630. Fréd. Henri à cheval................ 1 " " "
1630. Frontispice pour *Oorspronck van 's Hertogenbosch*......................... 1 " " "
1631. Dame à sa toilette, N°. **19**................ tableau.
1631. Cinq femmes (les cinq sens.) N°. **20**....... "
1631. Deux gueux, *Arme weelde*, N°. **21**......... "
1632. Cortège de pêcheurs grotesques N°. **41**.... "
1632. Frontispice de *Jacobi Coren, Observationes* 1 d. p. gr
1632. Frontispice de *Phil. Lansbergi tabulae*... 1 " " "
1633. Portrait de Philippe IV d'Espagne..... 1 " " "
1634. Frontispice de *Chronici Zelandiae libri duo* 1 " " "
1634. Compositions pour *Hollantsche Turf*.... 8 " " "
1634. Réjouissances de villageois, N°. **23**........ tableau.
1635. Réunion de gueux. N°. **37**................ "
1635. Compositions pour *Belachende Werelt*.. 11 d. p. gr.
1635. Frontispice pour *Ph. Lansbergi, in quadrantem introductio*................. 1 " " "
1636. Fréd. Henri en défenseur du jardin hollandais......................... 1 " " "
1637. Compositions pour *Trouringh* par *J. Cats* 34 " " "
1643 (après). Christian IV de Danemark avec sa famille, N°. **25**......................... tableau.
1644. Compositions pour *Krul Pampiere Wereld*................ d. p. gr. (douteux).
1647. Lit de mort de Fréd. Henri d'Orange... 1 d. p. gr.
1647. Même sujet.......................... 1 " " "
1654. Frontispice de *J. v. Oudenhoven, Oudt Hollandt*...................... 1 " " "

Anno		
1655.	Compositions pour les *Œuvres de J. Cats*, édition in folio	1 d. p. gr.
1655.	Noce de paysans, N°. **26**	tableau.
1656	(vers). Frontispice de *Historie ...... door Lieuwe van Aitzema*	1 d. p. gr.
1656.	Compositions pour *Ouderdom*, *Buiten-leven*, *Aspasia*, *Dootkiste voor de Levendigen* par *J. Cats*	68 „ „ „
1659.	Réception de Guillaume III d'Orange à l'Université de Leyde	1 „ „ „
1660.	Arrivée de Charles I d'Angleterre à Delft.	1 „ „ „
1660.	Départ de Charles I d'Angleterre de Scheveningen	1 „ „ „
1660.	Composition emblématique sur la restauration de Charles II d'Angleterre, N°. **27**	tableau.

TABLEAUX CONNUS.

1.

L'Été.

Bois. H 0.42. L. 0.67.

Au premier plan du paysage, des voyageurs traversent un ruisseau qui coule sur le chemin. Tout à fait en avant, un cavalier sur un cheval pie, près de lui une charrette attelée de deux chevaux, et quantité de figurines, chasseurs, mendiants etc. A droite, un petit bois dans lequel s'engage le chemin; à gauche, un moulin à vent; au fond un village sur une rivière. Signé A. V. (accolés) VENNE 1614. (Galerie Suermondt par W. Burger. 1860).

Galerie Suermondt.
Musée de Berlin.

2.

L'Hiver.

Bois H 0.42. L. 0.67.

Une rivière gelée; bords boisés; à droite une ville; à gauche, un village. Beaucoup de figures, patineurs et promeneurs, des traineaux etc. On remarque surtout trois personnes occupées à attraper des anguilles. Au second plan un navire monté sur patins pour glisser sur la glace rempli de voyageurs de distinction. Signé et daté comme le précédent (Galerie Suermondt par W. Burger. 1860).

Galerie Suermondt.
Musée de Berlin.
Photographié par Fierlants. Bruxelles.

3.

Les Pêcheurs d'âmes.

Bois. H. 0.90. L. 1.80. Fig. 0.29.

Les tableau est occupé pour les deux tiers par un fleuve sur lequel on voit plusieurs barques, remplies les unes de théologiens protestants, les autres d'ecclésiastiques catholiques. Celle qui est le plus en vue, sur le devant, est occupée par treize docteurs réformés, qui au moyen d'un grand filet, tâchent de ramener dans leur barque plusieurs personnes en danger de se noyer; ils ont avec eux deux bibles avec inscriptions et le millésime 1614. Une autre embarcation plus à droite contient un évêque et plusieurs religieux cherchant à attirer à eux les nageurs. La rive gauche du fleuve est couverte d'une quantité innombrable de personnages; sur le devant théologiens, pasteurs (au premier rang on remarque le peintre); plus loin des hommes d'état et les princes protestants, Jacques I d'Angleterre et son fils ainé, l'électeur palatin avec sa femme, les princes d'Orange, Maurice et Frédéric Henri etc. Derrière eux des gens armés et les voitures qui ont amené tous ces personnages; sur le bord de l'eau des bourgeois, des paysans etc. La rive droite nous montre le parti Espagnol et Catholique; sur le devant un nain, des gamins, des nobles, des ecclésiastiques (Jean Neyen, Chimarrheus etc.), et pour faire pendant aux princes protestants, les souverains des Pays-Bas autrichiens Albert et Isabelle. Sur le bord du rivage nous voyons un pape porté en procession etc.

Tout cela est admirablement et finement dessiné et beau de couleur. Certaines têtes et les gamins sur le devant peuvent rivaliser avec les meilleures productions de l'école hollandaise.

Ce tableau attribué à van de Venne et à Breugel de velours, même à van Balen est entièrement de notre peintre. Il a passé dans la vente Maurits de Jeude, la Haye 1735, et y fut adjugé pour fl. 760. Plus tard il a fait partie des collections des princes d'Orange au chateau le Loo; et c'est de là qu'il est venu au musée d'Amsterdam. C'est un tableau à étudier par rapport aux personnages réprésentés, qui presque tous doivent être des portraits. Quelques uns en ont été trouvés; j'espére réussir pour les autres aidé par le zèlé conservateur-adjoint du Cabinet des estampes à Amsterdam, Mr. de Vries.

Musée d'Amsterdam.
Gravé à l'eauforte par J. A. Boland
Photographié par Braun.

4.

Le prince Maurice d'Orange, allant à la chasse.

Bois H. 0.16, L. 0.225. Fig. 0 017.

La partie gauche du tableau est occupée par un bois, la partie droite par une plaine, que traverse un ruisseau, qui sur le devant est sorti de son lit et a inondé le terrain. Des routes remontent vers le lointain et une d'elles, passant entre deux bouquets d'arbres conduit à un village dont le clocher se montre à l'horizon. Du bois à gauche sort le cortège princier; dans une calèche attelée de quatre chevaux blancs se trouve le prince Maurice, ayant une princesse à sa gauche; en face d'eux se voient deux seigneurs, l'un en noir et l'autre portant un chapeau gris. Deux autres se tiennent de côté. La voiture est entourée de plusieurs cavaliers, parmi lesquels on remarque un seigneur en gris perle ôtant son chapeau et parlant à un des personnages assis dans la calèche. Plus sur le devant un gentilhomme retenant son cheval pour laisser passer le cortège; il est coiffé d'un haut chapeau à plumes. Dans l'escorte on remarque entre autres le conseiller? à cheveux et barbe gris, qui figure aussi sur le tableau du port de Middelburg. Une foule de jeunes pages entoure la calèche; un d'eux court devant, un autre habillé comme un héraut d'armes, cotte jaune avec broderies noires se tient plus à gauche et au premier plan un fauconnier, en costume gris perle, tenant deux faucons et accompagné d'un lévrier blanc et de deux autres chiens. On apperçoit entre les arbres des cavaliers, des chasseurs, des chiens; plus loin une clairière, où s'avance une calèche à quatre chevaux entourée de gentilhommes à cheval. Sur les routes avoisinantes plusieurs voitures, remplies de curieux; sur le devant deux se sont ârrêtées sur le bord du ruisseau; le cocher de l'une, en blouse blanche, est descendu et un personnage en noir se tient derrière le véhicule; dans l'autre voiture deux seigneurs se penchent autant que possible hors de la capotte pour mieux voir. A côté un garçon en gris portant un sac et ayant auprès de lui un chien. C'est le même gamin que l'on voit devant les magistrats sur le tableau du port de Middelburg et que celui qui se tient derrière le monceau d'armes dans le tableau du Louvre.

Signé sur le sol à gauche en lettres minuscules *A. V.* (*accolés*) *Venne* 1615.

Ce petit tableau, d'un fini précieux est peut-être une des miniatures les plus curieuses qui existent. C'est lumineux, gai, plein de caractère et d'esprit. Les petits pages, le fauconnier, le gamin sont comme des figures de grandeur naturelle réduites à 17 millimètres de hauteur.

M. E. Warneck à Paris.

Photographié par Michelez à Paris.

5.

Les Trèves entre les Provinces-Unies et les Espagnols (1609).

Bois. H. 0.62. L. 1.12. Fig. 0.11.

Ce tableau, un des plus finis de van de Venne, ne répréscnte pas un évênement, une fête donnée a l'occasion des trêves entre les souverains des Pays-Bas espagnols et les Pays-Bas libres. C'est une répréscntation emblématique de cet armistice qui dura 12 ans. Les évênements de 1614 et 1615 expliquent peut-être pourquoi van de Venne célébra par un tableau, en 1616 seulement, ces trèves conclues déjà en 1609. La guerre de Juliers faite par Spinola inspirait aux hollandais la crainte que la paix temporaire ne fut sur le point d'être violée par l'Espagne. En 1616 cette crainte s'étant dissipée, van de Venne a voulu symboliser l'heureux retour de la tranquillité, qui promettait au pays le progrès et la richesse. Il nous montre les Provinces Unies indépendantes comme la fiancée richement parée et donnant la main à un seigneur brabançon, qui ne paraît pas avoir l'air trop content de cette union. Mais l'Amour les appelle en les devançant et deux tourtereaux se trouvent bequetant à leurs pieds. A gauche un monceau d'armes, d'armures, de drapeaux etc. couvre le sol, mais un paysan en les chargeant sur une voiture va faire disparaître ces symboles de la guerre et avec eux la Discorde et l'Envie, que l'on voit cachées sous les fusils et les hallebardes. Un paysan regarde tout cela avec satisfaction. Derrière les deux personnages principaux, l'on voit les chefs des deux partis belligérants. L'archiduc Albert d'Autriche, sa femme l'infante Isabelle, le père Neijen et le général Spinola;

un petit nain grotesque habillé de rouge et portant une énorme fraise les accompagne. A côté d'eux les princes d'Orange, Maurice et Frédéric Henri, les chefs héroïques des Pays-Bas libres; suivent des hommes d'état, des capitaines hollandais puis des soldats avec leurs hallebardes. Dans le fond un magnifique chateau, situé dans un paysage boisé Ce bois occupe toute la partie droite du tableau. Là sous les grands arbres divers groupes jouant, s'exerçant à l'épée, des serviteurs avec des chevaux, d'autres raffraichissant du vin dans une petite mare etc. Plus près du groupe principa sont assis les musiciens jouant de tous les instruments. Tout à fait sur le devant le peintre van de Venne causant avec un seigneur. Par terre, des plats en faience de Delft et en porcelaine de chine remplis de fruits, des flacons, des verres. un petit singe, enfin une quantité d'objets exécutés avec une extrême precision. — Tout dans ce beau tableau est peint avec une sureté de main étonnante et sans qu'il y ait la moindre sècheresse. Signé A. V. VENNE FESIT 1616.

Musée du Louvre,
Photogr. par A. Braun.

6.

Portrait du Prince Maurice d'Orange.

H.... L.....

Ce portrait, ainsi que ceux de Fredéric Henri (No. 7) et de Guillaume I (N°. 10) ont orné le chateau de Honselaarsdijk, propriété des princes d'Orange près de la Haye. En 1702 après la mort de Guillaume III d'Orange, roi d'Angleterre et au partage de sa succession, ils échurent au Roi de Prusse, son cousin. Je ne puis les décrire que suivant la gravure de *W. Jsz. Delff.*

Jusqu'aux genoux, à droite, en pourpoint ouvré, un mantelet galonné recouvrant les épaules et les bras, la tête couverte d'un chapeau à haute forme, orné d'une aigrette; il porte l'ordre de la Jarretière. Le prince est debout sous une draperie et à côté d'une table; à gauche un piedestal avec les gantelets, derrière lequel une armure. A droite on voit dans un vestibule deux hallebardiers avec un chien et dans le fond l'intérieur de la grande salle du Binnenhof à la Haye, ornée de drapeaux et occupée par des boutiques (à l'occasion de la Kermesse) devant lesquelles la foule défile (*D. Franken Dz. l'œuvre de W. Jsz. Delff N°.* 57.). Les portraits de Maurice et de Frédéric Henri sont probablement peints vers 1617.

Gravé par W. Jsz. Delff.

7.

Portrait du Prince Frédéric Henri d'Orange.

H.... L.

Jusqu'aux genoux, à droite. en habit richement brodé, le manteau sur l'épaule gauche et enveloppant les reins. Le prince est debout à côté d'une table, sous une draperie; il tient de la main droite le baton de commandement appuyé sur la hanche. Il est coiffé d'un chapeau à haute forme, le bord relevé près de l'aigrette. Derrière lui son armure et sur un piedestal les gantelets. A droite un grand portique et un vestibule, où se trouvent deux gentilhommes accompagnés d'un serviteur avec deux chiens.

Gravé par W. Jsz. Delff (l'Œuvre W. Jsz. Delff. N°. 60.)

8.

La Kermesse de Rijswijck.

Bois. H. 0.55. L. 1.34.

On se trouve sur la place du village, bordée à droite et à gauche de maisons avec l'église dans le fond; une route traverse la place et se perd dans une rue à droite de l'église. A droite de cette chaussée un rang, à gauche deux rangs de baraques en forme de tentes pavoisées de drapeaux oranges, oranges, blancs, bleus et rouges, blancs, bleus. Sur la route s'avancent vers le spectateur trois voitures, dont deux fermées, attelées de quatre chevaux bruns, tandis que plus en avant, une calèche est trainée par six chevaux blancs richement harnachés. Dans cette calèche se trouvent les princes d'Orange Maurice et Frédéric Henri et sur le banc en face deux seigneurs; la voiture est précédée de deux pages, vêtus d'une livrée bleue on verte avec galons de feuillage rouges, accompagnés de trois chiens. A droite de la voiture un cavalier tout en rouge, saluant les princes et plus sur le devant un autre en manteau brun; à gauche un seigneur à cheval tenant son chapeau sur la poitrine et plus en avant deux officiers? richement habillés, dont l'un, qui a la figure très brune, écarte de sa cravache un petit chien; près de ces personnages deux hommes à cheval, portant de grands manteaux et coiffés de chapeaux à larges bords, des voyageurs ou des marchands de chevaux, puis plus à gauche deux pages et un marchand d'allumettes assis par terre. A droite, devançant la voiture, s'avance un seigneur, monté sur un cheval gris pommelé, à la rencontre de deux personnes de distinction, un seigneur et une dame; le seigneur en habit blanc, posant sa main sur celle de la dame, qui comme lui est nu-tête; la dame porte une jupe couleur orange avec corsage et double jupe relevée vert et une grande collerette de dentelles. Dans leur entourage on remarque un bourgeois en costume noir avec sa femme coiffée d'une cornette, des paysans, des charretiers, un marchand de mort aux rats etc. Un gamin, le fouet à la main, va franchir, en saluant le cavalier, une planche jetée sur un petit ruisseau qui sépare ce groupe de la route. Plus à gauche une marchande de fruits, trônant au milieu de ses paniers de pommes, près d'elle un baquet avec des marrons, un sceau d'eau etc. Un jeune homme profite du moment où la marchande reçoit l'argent d'une cliente, pour lui vider sa bourse. Remontant alors par la droite vers l'église nous trouvons deux baraques où l'on vend de la boisson, devant lesquelles sont deux chevaux sellés, à droite une pièce d'eau avec des barques chargées de monde. Puis, quittant l'ombre fraiche des grands arbres, nous rencontrons une voiture de paysans arrêtée pour que les voyageurs prennent un verre de bierre, un montreur de chiens savants, un théatre forain, plusieurs chevaux en liberté, car c'est en même temps marché aux chevaux. Redescendant par le côté gauche, là encore se trouvent des paysans à cheval saluant les princes, un autre qui se tient à peine sur une rosse prenant le mors aux dents, des baraques entourées de visiteurs, dans une petite mare des canards qui barbottent, une rixe de paysans etc. et une échappé sur une colline couverte de verdure.

Toutes ces figurines, au nombre de trois cents peut-être, sont spirituellement dessinées, de bonne couleur et agréables à voir. Il y a des détails comme le verre cassé, les monnaies et les coquillages par terre, la nature morte, le seau, les fruits qui entourent la marchande d'un fini et d'une justesse remarquables. Il y a peut-être dans ce tableau un manque de gradation dans les tons, qui fait que certains groupes des plans plus reculés ont conservé une importance trop grande; il est vrai qu'il eut été impossible de joindre la fidélité de détails, que l'artiste a tenu à montrer, à un effet plus concentré sur les groupes principaux. Ce qu'il a voulu réprésenter, le mouvement d'un marché, d'une kermesse, est admirablement rendu. On ne doit d'ailleurs pas oublier qu'en 1618 les artistes avaient encore les traditions de l'école dont J. Breugel de velours avait été l'inspirateur.

Signé sur la passerelle AV (accolés) VENNE F 1618.
Vente Mlle. Drekman. Amsterdam, 14 Avril 1857, fl. 405.
Vente Leroy d'Etiolles, Paris 1861, frs. 10.000.
Chez M. le dr. Leroy d'Etiolles à Paris.

La tradition et le catalogue de 1857 disent que les personnages que le cavalier va saluer sont le roi et la reine de Bohême. L'homme ressemble beaucoup à ce prince, mais autant que je le sache il n'a visité la Hollande qu'en 1613, en 1621 et en 1622 jusqu'en 1632. En 1613 il avait 17 ans, sa femme le même âge; sur le tableau les personnages sont plus âgés et les princes d'Orange sont bien comme ils étaient en 1618.

Mr. le Chevalier Six à Amsterdam possède un très beau et intéressant tableau *d'Esajas van de Velde* de 1625 réprésentant également la visite des princes d'Orange à la kermesse de Rijswijck, Bois H 128, L 0.70.

9.

Les Princes d'Orange et de Nassau, Cavalcade.

Toile H 1.70. L. 2.82. Fig. a cheval 1.37.

Le prince Maurice, le comte Guillaume Louis de Nassau, Frédéric V., électeur palatin, Roi de Bohême, les princes

Philippe Guillaume et Frédéric Henri forment l'illustre cortège. Ils sont tous à cheval et richement habillés. Derrière eux une suite nombreuse de cavaliers et sur le devant les pages avec les chiens. Dans le lointain des arbres, le bois de la Haye, car la grande tour de cette ville se montre au dessus de la verdure.

Gravé par W. Jsz. Delff en 1621, avec des changements. Le Roi de Bohême ne se trouve pas sur la gravure et le prince Frédéric Henri y paraît plus jeune (voir ma Description de l'Œuvre de W. Jsz. Delff.)

Musée d'Amsterdam.

10.

Portrait de Guillaume I, prince d'Orange.

H..... L.....

Jusqu'aux genoux à droite en justeaucorps ouvré, recouvert d'une longue toge bordée de fourrures et garnie de soutaches en or; il porte un chapeau à large bords et une fraise tuyautée. Le prince est assis dans un fauteuil; derrière lui une armure, sous une draperie formant dais. Il tient de la main droite le bâton de commandement et de la gauche la garde de l'épée, à riche baudrier, qui repose entre ses genoux. A droite une galerie ouverte, où se tiennent deux hallebardiers et un page avec deux chiens. Plus loin un chateau. Ce portrait doit avoir été copié par *v. d. Venne,* sur un autre, fait du vivant du prince. Peint probablement vers 1621.

Gravé par W. Jsz. Delff.
(l'Œuvre de W. Jsz. Delff N. 55).

11.

Lit de parade de Maurice d'Orange.

Cuivre H. 0.07. L. 0.12.

La tête est à gauche, coiffée d'un bonnet rouge bordé de dentelles, elle est encadrée par une fraise tuyautée; le corps que l'on ne voit que jusqu'à la ceinture est vêtu d'une toge rouge avec ornements brodés en or.

On a cru que ce petit tableau réprésentait Guillaume I d'Orange, mais après l'avoir comparé avec les gravures du temps et avec un dessin à la plume de *J. de Gheyn*, le doute n'est plus permis. Peint en 1625.

Musée d'Amsterdam.

L'exposition rétrospective tenue à Delft en 1863 montrait un tableau analogue appartenant a M[r]. M. T. E. F. N. comte Nahuys à Utrecht (N°. 3162).

12.

Le port de Middelburg avec l'arrivée de l'électeur Palatin en 1613.

Bois H. 0.63. L. 1.32. Fig. 0.135.

C'est une vue de la ville prise du canal qui conduit au port. Le peintre s'est posté sur la digue qui borde le canal à droite. Il avait alors devant lui un magnifique panorama. La ville dans le fond avec son superbe hôtel de ville, ses belles maisons ornées de tourelles, les nombreux navires amarrés aux quais et dont les mats sont pavoisés; la digue gauche avec tous les curieux et derrière cette digue les terrains bas couverts de verdure; le canal, qui sur le devant occupe les trois quarts du tableau, avec les grands vaisseaux, les yacht et les barques; la digue droite remontant jusqu'au port et sur laquelle se presse une foule compacte; les prairies que la digue sépare du canal. Quatre navires surtout attirent tout de suite l'attention. Le plus à gauche, un yacht, portant à son mât un pavillon avec les couleurs rouge, blanc et bleu, deux fois répétées et placées horizontalement, aux armes du prince Maurits d'Orange; sur la poupe un grand drapeau blanc semé de feuilles et de fruits d'oranger, neuf soldats et matelots et deux trompettes composent l'équipage; près de la proue un soldat fait partir un coup de canon. Plus à droite un yacht particulier portant contre la poupe les armes de la famille van Tuyll van Serooskerken; le grand pavillon qui flotte sur la poupe est de cinq lés bruns et cinq roses avec les armes d'Anvers; celui attaché au mat est rouge ponceau et celui du mat de misaine rouge, jaune, rouge. Cinq seigneurs et deux dames se tiennent, assez serrés, dans le yacht, un homme très fort, au type hispano-brabançon (le même qui figure dans le tableau du Louvre) joue de la guitarre et se soucie peu d'une jolie blonde coiffée d'une fine cornette qui semble écouter les propos d'un seigneur, espagnol probablement, qui porte sa santé. En face d'eux une dame en satin bleu foncé, que l'on voit de dos et qui se bouche les oreilles pour ne pas entendre la détonnation du canon. Un seigneur assis à sa gauche lui passe le bras autour de la taille et ne paraît pas s'apercevoir que son chapeau a été emporté par le vent et flotte dans le canal. Un autre seigneur qui tient une perche montre le chapeau à un batelier qui paraît embarrassé et porte la main à son bonnet; un personnage en pourpoint vert rayé d'or, que l'on voit de dos et qui met la main dans la poche pour chercher sa bourse va convaincre le batelier de repêcher le chapeau. Sur le devant de la barque un autre garcon à la mine moqueuse, regarde ce qui se passe. Derrière le yacht un vaisseau à trois mats, que deux chevaux sur la digue droite remorquent; le pavillon du premier mat porte les armes de Zélande, celui du grand mât les armes de Middelburg; sur le troisième mat un petit pavillon rayé de trois lés rouges et deux blancs horizontaux. Le quatrième vaisseau, qui entre dans le port est le *Lion rouge*, un des navires composant l'escadre qui conduisit l'électeur et sa femme de Londres en Hollande.

La digue gauche est animée par plusieurs groupes, des marchands de Middelburg en noir avec leurs femmes portant la cape à la mode espagnole, des officiers dans leurs costumes à couleurs voyantes, un paysan en admiration, un autre prenant sa femme par la taille et courant avec elle à leur cabane, toutes des petites figures de deux centimètres, des types comme van de Venne les dessinait si spirituellement. C'est surtout sur la digue droite qu'est le mouvement. Au premier plan un vieux charretier avec deux chevaux de halage; il ne prête aucune attention à tout le luxe qui l'entoure et ne voit pas même le paysan déguenillé, le panier au bras, qui ricane dans le coin du tableau. Derrière ce groupe un autre homme dirigeant deux chevaux qui trainent le vaisseau aux armes de Middelburg et regardant un paysan couché sur la digue qui tient à la main une botte d'alumettes. En bas de la digue, étant l'un plus, l'autre moins dans l'eau du canal se voient quatre cavaliers; l'un d'eux parle à un page qui court, chapeau bas, derrière lui. — Remontant sur la digue, nous trouvons quatre seigneurs à cheval. Deux d'entre eux, richement habillés, me paraissent des princes, peut-être le prince Maurice d'Orange et son beau frère Emmanuel de Portugal, les deux autres en costumes foncés, ont l'air de magistrats ou de conseillers; autour de ce groupe se trouvent plusieurs pages, dont quelques uns regardent des gamins qui sautent par dessus les fossés dans les prairies à droite; plus à gauche un jeune page le poing sur la hanche. En continuant la digue jusqu'à la ville on aperçoit une foule de seigneurs, de marchands, de dames, de bourgeoises etc., les plus rapprochés du port ne forment que des petites taches vivement coloriées. Près de la ville, les prairies à droite de la digue sont couvertes de petits bouquets de bois, de cabanes devant lesquelles des femmes étalent du linge etc. le tout plein de mouvement.

Signé: AV. (accolés) Venne 1625.

En Mai 1613 l'électeur palatin du Rhin. Frédéric V, ayant épousé la fille de Jacques I d'Angleterre passa par la Hollande pour se rendre dans ses états. Le 9, arrivée à Flessingue, réception par ses oncles les princes Maurice, Fréd. Henri, Emmanuel de Portugal, les Etats de la Hollande etc.; le 10, départ du prince (en voiture) pour Middelburg, Veere et la Hollande; le 11, départ de la princesse en vaisseau, avec les bagages (le *Lion Rouge* servait dans ce transport) par le port de Rammekens pour Middelburg, réception et fêtes à l'hotel de ville; le 12 elle continua son voyage. C'est donc sans doute l'arrivée de la princesse que le tableau devrait réprésenter, mais comme on n'y voit ni réception, ni rien qui indique sa présence, je croirais plutôt que van de Venne ayant voulu donner une vue de la ville de Middelburg, a pensé qu'il ne pouvait mieux faire pour ajouter à l'interêt de son ouvrage que de l'animer en représentant une cérémonie à laquelle prenaient part un grand nombre de personnages, cérémonie qu'il avait peut-être déja célébrée en peinture.

D. Franken Dz. Paris.
Photogr. par Michelez à Paris.

13.

Le Prince Maurice d'Orange visitant avec son état major l'armée hollandaise devant Ostende (?)

H . . . . L.

Ce tableau, conservé au chateau de Beverweerd, (province d'Utrecht) ancienne propriété des princes d'Orange, a été copié (dessiné) par *N. J, Kamperdijk* (Vente C. Kramm. Utrecht 7 dec. 1875 page 381). Suivant le dessin le prince y est répresenté vers 1618; ce ne serait donc pas le Siège d'Ostende (1604), comme le prétend le catalogue Kramm.

14.

Le Vijverberg à la Haye, avec les Princes d'Orange, le Roi et la Reine de Bohême, et autres personnages à cheval.

Toile H 38. L 63 pouces anglais.

La vue est prise du côté du Buitenhof. — Le cortège princier se dirige du côté du Vijverberg planté de grands arbres. C'est le prince Maurice d'Orange qui ouvre la marche avec sa nièce la femme de l'électeur palatin du Rhin; derrière elle une autre dame. Suivent une douzaine de seigneurs et gentilhommes à cheval accompagnés de serviteurs et de pages qui conduisent des chiens, de fauconniers et autres. Dans le Buitenhof (cour extérieure) on voit une calêche attelée de quatre chevaux blancs etc.

Ce tableau qui se trouve à Althorp House, appartenant au Comte Spencer, a figuré dans l'Exposition de Manchester en 1857 sous le N°. 543, dans celle de 1866 (National Portrait Exhibition at South Kensington) sous le N°. 481. Il a toujours été attribué à (J.) Breughel. Le catalogue de l'exposition de 1866 dit que la Reine de Bohême et son mari y figurent ainsi que l'ambassadeur d'Angleterre à la Haye Sir Dudley Carlton. On peut distinguer sur la petite photographie (79 et 132 mm.) à part les personnages nommés, l'électeur palatin, le comte Guillaume Louis de Nassau, Frédéric Henri, prince d'Orange.

J'ai décrit ce tableau, le croyant de van de Venne, d'après une toute petite photographie. Une inspection plus minutieuse de cette reproduction m'a donné quelques doutes et maintenant je renonce à l'attribuer à van de Venne. Les chevaux par exemple, sont tout autrement dessinés.

Althorp House au Comte Spencer.
Photographié par l'Arundel Society, Londres.

15.

Le Christ et la femme adultère.

H. 0.50. L. 0.64.

Composition de douze figures — Sur un rideau on lit la parole du Christ : *Wie is er sonder sonden* (qui est-ce qui n'a pas pêché) en caractères gothiques. Signé dans le bas. *A. van de Venne.*

Mr. G. Goossens, à la Haye.

16.

Société dans un paysage.

Cuivre. H. 7. L. 5 pouces.

Paysage avec un vieux chateau. Au milieu une société nombreuse; on festoye et on fait de la musique.

Musée de Cassel.

17.

Vieille femme avec un garçon.

Toile. H. 3 pieds. 9 pouces. L. 4 pieds. 6 pouces.

Une vieille femme assise peigne un garçon, près d'elle un autre garçon et deux femmes.

Musée de Brunswick.

18.

Frédéric Henri Prince d'Orange avec sa suite à cheval. Grisaille.

Toile. H. 1.10. L. 1.42.

Ce tableau qui est d'un dessin négligé a peut-être servi de modèle pour la gravure de *C. van Queboren* (N°. 11); le graveur alors y aurait introduit plusieurs changements. Signé.

Musée de Rotterdam.

19.

Dame á sa toilette. Grisaille.

Bois. H. 0.42. L. 0.33.

La dame est assise, ayant sur les genoux un mouchoir brodé et un peigne; elle est en train de se coiffer, regardant dans une glace, qu'un fou tient à quelque distance d'elle. Dans le fond une alcove; à gauche du lit, accrochée au mur, une marine et a droite un rideau, retombant sur une commode, sur laquelle est posé un verre à vin; par terre une tige avec deux roses, une broche, forme losange, avec trois perles, un réchaud, un fer à friser, un bassin etc. Signé. 1631.

Ad (entrelacés) v. Venne In.

Cabinet Six. Amsterdam.
Photogr. par Oosterhuis.

20.

Cinq dames — les cinq sens. Grisaille.

Bois. H. 0.42. L 0.33.

Cinq dames, réprésentant les différentes classes de la société. Sur le devant une dame en riche costume brodé de fleurs, corsage décolleté, manteau de cour, broche et collier de perles, la coiffure ornée de grandes plumes; elle danse. Derrière elle une dame en costume plus simple et portant la cape espagnole montre une rose; à droite une autre, vue de dos, joue de la mandoline, une bourgeoise levant un verre et une dame âgée, coiffée à l'ancienne mode et portant lunettes. Par terre, une glace à main, une pipe, des raisins, un scorpion. Signé: 1631.

Adr. (entrelacés) v. Venne.

Cabinet Six. Amsterdam.
Photographié par Oosterhuis.

21.

Deux gueux. Grisaille.

Bois. H. 0.337. L. 0.27

Deux gueux fort joyeux s'avancent vers la gauche. L'homme qui a une jambe de bois tient de la main gauche sa béquille et se soutient de la droite, donnant le bras à une femme, qui lève une écuelle pleine de boisson. Le couple déguenillé danse et chante. Dans le haut sur une banderolle en lettres gothiques. *Arme Weelde* (Luxe des pauvres). Dessin spirituel. Signé sur le sol 1631.

Adr. (entrelacés) v. Venne.

Mr. A. Dillens à Bruxelles. Provenant de la collection Cremer, à Middelburg
Photographié de la Société Royale Belge de photographie.

22.

Ronde de gueux. Grisaille.

Bois H. 0.36. L. 0.29.

Les trois gueux qui sont le plus en vue, un aveugle avec un jambe de bois, brandissant sa béquille, une femme bossue, et un vieux mendiant se démènent comme des enragés, dansant au son de la musique, que fait un homme monté sur un tonneau. A droite, dans le fond, une cabane. Sur une banderolle par terre en lettres gothiques :... *kromme-appen*. Signé:

Adr. (*entrelacés*) *v. Venne.*

Mr. A. Dillens à Bruxelles, provenant de la collection Cremer à Middelburg. Photographié de la Société Royale de photographie.

23.

Réjouissance de Villageois. Grisaille.

Bois H. 0.29. L. 0.35

Avec inscription en lettres gothiques *Drolligh. Dom* (Amusant-bêtes).

Signé *Ad. V* (*entrelacés*) *an Ven...* 1634.
Mr. (Vente A. v. d. Willigen. Haarlem 20 Avril 1874. florins 105.—

24.

Ronde de gueux. Grisailles.

Bois. H. 0 12. L 0.28.

Ronde de plusieurs gueux manchots; à gauche un vieux mendiant déguenillé s'est détaché du groupe.

Musée de la Haye (Vente A. van der Willigen. Haarlem 20 Avril 1874. florins 88).
Dessin par W. Mol à la pierre noire.

25.

Christian IV de Danemark avec sa famille et les ambassadeurs étrangers. Grisaille.

Bois. H. 1.200. L. 1.642.

Sur le devant à droite le roi assis, avec l'ordre de l'éléphant et celui de la jarretière; à ses pieds son chien favori Turk et un casque. A ses côtés JVSTITIA et PRUDENTIA et sur le devant une table avec le chapeau du roi et les insignes de la royauté. Derrière lui le prince Christian et Madeleine Sibylle, dont les chiffres sont portés par deux génies, deux autres tiennent des couronnes au-dessus de ces personnages. Puis le prince Frédéric et Sophie Amélie (mariés en Oct. 1643); la princesse porte un diadème; au dessus du prince un génie tenant un chapeau (?) d'évêque sur lequel un F.; au dessus de la princesse un ange avec une couronne de lauriers. Près de ce couple on lit: DVO COR VNVM. En haut plusieurs génies, dont deux tiennent un écusson couronné avec les chiffres de Christian IV. Sur une banderolle VIVAT CHRISTIANVS QVARTVS REX DANIAE NORWÉGI(AE) SEMPER AVGVSTVS PIVS FELIX TRIVMPHATOR. Sur le devant, à gauche. PAX, suivie par LIBERTAS et conduite par PIETAS. Autour d'elles les ambassadeurs étrangers portant les drapeaux de leurs pays, forment le rond. Les plus en vue sont les envoyés de la France, de la Hollande, de l'Allemagne, de l'Angleterre, de la Russie, de la Suède etc. puis un Suisse avec une bâton sur lequel est placé le chapeau de Gesler; on y lit LIBERTAS. Dans le ciel un génie avec une trompette dont le fanon contient les chiffres couronnés du roi Christian; un autre génie tient une banderolle avec REGIS CVM REGIBVS CONCORDIA. Dans le fond plusieurs personnes, parmi lesquelles on croit retrouver Corfitz Ulfeldt et Leonore Christine; on y voit le comte Waldemar Christian, au dessus duquel les lettres W et C entrelacées avec une couronne de comte. Sur le milieu de la réprésentation planent des génies tenant un écusson couronné, avec les armes du Danemark; sur une banderolle PAX VNA TRIVMPHIS INNVMERIS POTIOR. Signé *Adriaen van de Venne.*

(Communiqué par Mr. Chr. Bruun de Copenhague).

Chateau de Rosenberg près Copenhague.

26.

Noce Villageoise. Grisaille.

Bois. H. 0.595. L. 0.745. Fig. 0.28.

A droite, au troisième plan on voit les mariés, avec leurs parents assis à une table et abrités par une grande toile. Sur le devant deux couples dansent au son du violon d'un musicien villageois, la cornemuse attachée sur le côté; près de lui un chien qui aboie après les danseurs. A gauche un paysan indique la scène burlesque à une laitière qui s'est assise pour tirer ses bas. Dans le fond des maisons. Sur une banderolle par terre: *Losse lompe satte lust* en caractères gothiques. Signé

1655.

Ad. (*entrelacés*) *v. Venne.*

Mr. D. Franken Dz. à Paris

27.

Emblême. — La restauration de Charles II d'Angleterre. Grisaille,

Toile H....... L.

Charles II, revenant avec sa suite de Hollande, est reçu à Londres par la noblesse et le peuple en joie.

Signé: 1660

Chateau de Heidelberg.

28.

Illustration d'un proverbe. Grisaille.

Musée de Gotha.

29.

Illustration d'un proverbe. Grisaille.

Musée de Gotha.

30.

Gamin avec une cage. Grisaille.

Cintré. Bois. H. 0.185. L 0.12.

Il est vu de face et porte un costume de mendiant et un chapeau à bords rabattus. De la main gauche il tient une cage d'oiseaux en osier. Grassement peint, la figure et les mains ont du rouge, le reste est jaune — Sans signature. Douteux.

Mr. Garnier. la Haye.

31.

Le Ramoneur. Grisaille.

Bois. H. 0.267. L. 0.217.

Un gueux tenant sous le bras un balai et sur l'épaule un bâton. Dans le fond à gauche une maison, à droite un pont. En bas sur une banderolle. *Isser nyet te veegen.* (N'y a-t-il rien à balayer ou ramoner). Belle peinture. Signé

Ad. (entrelacés) v. Venne.

Mr. Garnier. la Haye.

32.

Rixe de paysans. Grisaille.

Bois. H. 0.355. L. 0.29.

Deux paysans se battent, l'un armé d'un fléau, l'autre d'une fourche; à gauche une jeune fille; à droite une femme qui retient l'un des combattants — En bas on lit *Jammer mall* (... insensés). Signé: 16..

Ad. (entrelacés) v. Venne.

Collection Comte Sievers à Amsterdam (vendue en 1875.)

33.

Ronde de paysans. Grisaille.

Bois. H. 0.36. L. 0.29.

Quatre paysans et quatre paysannes font la ronde. Derrière eux, monté sur un tonneau, un vielleur. Signature illisible.

Collection Comte Sievers à Amsterdam (vendue en 1875.)

34.

Emblême de la décrépitude de la vieillesse. Grisaille.

Bois. H. 0.35. L. 0.50.

La Mort est entrée dans une demeure de paysans. Elle s'empare d'un vieillard assis à gauche et paraît lui retirer les dents au moyen d'une clef. Un chien placé au milieu de la pièce aboie après l'intrus. A droite un homme assis sur un panier tire le cordon d'un berceau dans lequel dort un enfant; il regarde d'un oeil distrait ce qui se passe. Une vieille qui se chauffe au feu et un homme assis devant la cheminée, n'y font pas attention. Sur le devant un chat, un tonneau, des paniers, un racloir, une échelle, par terre ou accrochés à la muraille du fond. Dans un cartouche contre le mur. *Ellenden-eind* (La fin des misères) en lettres gothiques Signé sur la cheminée *Ad.* (*entrelacés*) *v. Venne.*

Mr. D. Franken Dz. à Paris.

35.

Le Christ avec les pélérins d'Emmaüs. Grisaille.

Bois. H. 0.53. L. 0.42.

Composition de trois figures, marchant.

Signé dans le bas *A. v. d. Venne.*
Mr. G. Goossens, à la Haye.

36.

Cortège de gueux. Grisaille.

Bois. H. 0.45. L. 0.90.

Ils marchent de gauche à droite, un homme monté sur un âne à la tête ayant attachés à la selle divers objets parmi lesquels on remarque un chat. La bande se compose de mendiants coiffés de marmites, de pots etc. Un d'eux s'est fourré dans un tonneau; ils marchent jouant du tambour, de la flûte ou criant. Au premier plan deux mendiants, dont l'un est assis, et un chien. A droite un grand drôle en haillons regarde passer la troupe. Signé à droite sur le sol.

Mr. Louis, à Paris.

Réunion de gueux. Grisaille.

Bois. H. 0.35. L. 59.

Au milieu un homme avec une jambe de bois, conduit par une femme enveloppée dans un manteau. Derrière eux un grand gueux portant un chapeau pointu; à gauche au premier plan une femme qui montre le couple du doigt; à droite un gueux coiffé d'un chapeau et deux autres. Par terre sur une banderolle en caractères gothiques *Arme Weelde* (Le luxe du pauvre). Signé 1635

Ad. (*entrelacés*) *v. Venne.*

Mr. G. J. Schouten, à Amsterdam.
Vente à Amsterdam, 16 Mai 1877.

38.

Marché. Grisaille.

Bois. H. 2 pieds 2 pouces. L. 2 pieds $7^1/_2$ pouces.

Foire sur la place d'une ville hollandaise, animée de beaucoup de figures.

Mr. Hollandt, Brunswick.

39. 40.

Barbiers. Grisailles.

Bois.

Deux esquisses réprésentant des barbiers.

Inspruck. Ferdinandeum. (*Parthey. Deutscher Bildersaal.*)

41.

Cortège grotesque de pêcheurs. Grisaille.

Bois. H. 0.34. L 0.28.

Sur le devant un pêcheur, qui s'est fourré dans un tonneau, d'où sortent la tête et les bras; il porte aux pieds à la place de souliers, des paniers plats. D'une main il tient une longue pique. Devant lui un chien, se dressant sur les pattes de derrière, exécute une danse. Dans le fond plusieurs autres personnages dans des déguisements bizarres. Signé *Adr. v. Venne* 1632.

Musée d'Emden.
Provient le la vente du juge Kettler 1874.

42.

Portrait de Corneille Kilian.

Bois. H 0.64. L. 049.

Le célèbre correcteur de la maison Plantin d'Anvers est assis dans une pièce de simple apparence dont le mûr du fond est occupé par une bibliothèque sans portes dont on voit deux rayons couverts de manuscrits. Kilian est représenté en pied, à gauche, en habit ample d'un bleu pâle; il porte culottes et bas rouges. Assis devant un pupitre, que l'on conserve encore dans la maison de Plantin, il compulse avec attention un manuscrit.

La couleur prédominante est le brun clair des grisailles de van de Venne, la figure du savant est peinte avec soin, le fond, le pupitre etc. sont couverts d'un léger frottis.

Probablement un ouvrage de la jeunesse de van de Venne si du moins il a peint Kilian d'après nature, car celui-ci mourut en 1607. J'aime à voir dans ce tableau une preuve que notre peintre a séjourné et étudié à Anvers. Sur le dos du panneau est peint en lettres blanches: COR. KILIANVS. *in typ[ia] Plan[i] per* 50 *annos corrector Obiit* 1607. *Van de Venne Pinxit.*

Musée Plantin à Anvers.

43.

Theodore Poelman dans son atelier.

Intérieur très simple où l'on voit quatre personnes dans diverses occupations. A gauche le patron, drapier et savant, en habit vert pâle et manteau rouge couvrant à moitié les jambes qui sont nues, est en train d'écrire sur un papier fixé contre un pupitre; derrière lui à gauche une bibliothèque de trois rayons portant des manuscrits et contre un des côtés de la bibliothèque est posée une longue épée; dans le fond un métier. A droite, également sur le devant, une jeune femme assise qui file; elle a un fichu autour de la tête, un corsage vert marin, jupe violette et tunique vert foncé. Au second plan derrière elle un homme assis devant un métier de tisserand et plus à droite un autre, appuyé sur un bâton et portant un costume oriental.

Ce tableau est presque monochrome (brun). La figure de la femme surtout est délicatement peinte, les accessoires sont légérement mais spirituellement traitées. Le tableau ne porte pas de signature mais il est bien de notre maitre.

Musée Plantin à Anvers.

TABLEAUX

AYANT PASSÉ DANS DES VENTES OU MENTIONNÉS DANS DES LIVRES.

Je crois plusieurs de ces tableaux attribués à tort à notre maître, comme on le voit encore faire tous le jours.

1—4. Les quatre châteaux du Prince Guillaume I d'Orange, réprésentant en même temps les quatre saisons. Le portrait du prince se trouve dans chacun des tableaux. Compositions riches et très finies, en couleurs, de la meilleure qualité, peintes en 1620 et 1623.

Bois, haut 29½, large 45½ pouces de Middelburg.
Vente J. Hermansen à Middelburg 4 Mars 1767, florins 150.—

5. La Famille des Princes de Nassau-Orange à cheval, avec leur suite.

Bois, haut 27, large 43 pouces, (0.707 et 1.127), florins 63.5.
Vente J. van Nispen, la Haye. 12 Sept. 1786.

6. Guillaume I (probablement Maurice) sur son lit de mort; très fini.

Vente J. Enschedé, Haarlem 30 Mars 1786, fl. 10. – à Yver.
Un tableau analogue daté 1633 fut vendu dans la vente Jer. de Bosch, Amst. 6 Mai 1767 pour 15 fl. à v. d. Kroe.

7. La bataille navale devant Rammekens par *A. D. Venne.*

Vente J. Walran Sanders, Middelburg 3 Août 1713. fl. 7.
Est-ce la victoire remportée par l'amiral Worst sur la flotte espagnole en 1572?

8. Un marché avec beaucoup de personnages.

Vente à Amsterdam, 11 Avril 1727.

9. Route avec un chariot de paysans attelé de deux chevaux, deux cavaliers et à côté un mendiant demandant l'aumône.

Bois. h. 0 18. l 0.23.
Vente à Amsterdam, Huis met de Hoofden, 5 Mars 1861,

10. Un bivouac.

Bois h. 0.33. l. 0 37.
Vente à Amsterdam, Huis met de Hoofden, 26 Janvier 1864.

11. Un combat de cavalerie.

Vente à Amsterdam par Roos et Engelberts, 2 Mars 1869.

12. L'annonciation aux bergers.

Bois.
Vente à Utrecht, chez Altrogge, 10 Juin 1812.

13. Même sujet.

Toile. même vente.

14. Soldat fumant et buvant.

Vente Delamarche, Dijon 1860.
Vendu frs. 350.— mentionné parmi les tableaux d'une valeur réelle
Gazette des Beaux Arts VII 181.

15. Intérieur avec figures dont trois se querellent.

Bois.
Vente à Utrecht chez Altrogge, 10 Juin 1812.

16. Danse de gueux boiteux. Grisaille.

Bois. h. 14. l. 14 pouces de Rijnland (0.367)
Vente P. Quinting. Dordrecht 20 Mars 1810.

17. Paysans et paysannes dansant, avec légende *Al te veel is ongesond.* (L'exces est nuisible) Grisaille, une des meilleures productions du maître.

Bois. h. 0.36 l. 0.50.
Vente R. J. Bouricius, 18 Sept. 1826

18. Une femme qui se peigne devant sa toilette.

Bois. h. 12½. l. 9 pouces de Rijnland (0.35 et 0.23)
Cabinet A. L. van Heteren à la Haye en 17...

19. Joueur de cornemuse, dans un paysage.

Vente L. Stokbroo. Hoorn 3 Sept. 1867.

20. Een Chalus-bende (bande de gueux). Grisaille.

Toile. h. 25½. l. 31 pouces.

21. Rixe. Grisaille.

Bois. h. 13. l. 11 pouces (0.34 et 0.29).
Vente W. van der Lely, Amst. 14 Dec 1772.

22. Mendiants, avec légende *Armoe soeckt list* (aux pauvres la ruse).

Vente J. Enschedé. Haarlem 30 Mars 1786.

23. Emblême. *Hoe geleerder hoe verkeerder.* (Autant d'esprit, autant d'erreurs).

Bois. h. 24. l. 18 pouces (0.62 et 0.47) florins 9.
Vente J. van der Lely. Delft 5 Avril 1796.

24.—28. Cinq emblèmes fl. 1.16.

Même vente.

29. Emblème *'t syn stercke beenen die de weelde dragen.* (Il faut être fort pour résister au luxe). Grisaille.

Bois, h. 0.66, l. 0.51.
Vente J. H. Cremers, Bruxelles, 25 Nov. 1868.

30. Emblème. La kermesse à la Haye, avec tombola, jeux etc. *Elck moet syn deel hebben.* (à chacun son tour). Grisaille

Bois.
Vente à l'Hôtel des ventes à Paris. Janvier 1872.

31. Allégorie de la mort.

Toile h. 0.38. l. 0.43.
Vente F. C. C. Everts, Amst. 30 Avril 1864.

32. Intérieur avec une dame, qui file, près d'elle un chien et un chat; sur le devant batterie de cuisine. Signé A. v. V. fl. 57.— à Linkering.

Vente S. A. Koopman, Utrecht 9 Avril 1847.

DESSINS.

1. Le départ de Charles II d'Angleterre de Scheveningen, le 2 Juin 1660, à la pierre noire et la sanguine. Pour la gravure de *P. Philippe*. dans l'ouvrage: *Verhaal van de Reys van Carel II... in Holland* 1660.

(Fred. Muller. *Cat. de planches historiques* 2156) chez M. Muller à Amsterdam.

2. L'histoire de Céladon et Galathee, gravé par *Adr. Matham* dans *J. Cats. Houwelyck*.

Encre de chine et plume. D. Franken Dz. Paris

3.—8. Six dessins a l'encre de chine et plume pour une édition in folio, *de J. Cats Oeuvres*.

D. Franken Dz. Paris

9. Paysan et paysanne dansant et s'embrassant, rond. Signé avec 1625.

Encre de chine et plume. D. Franken Dz. Paris.

10. Paysan et paysanne dansant, rond. Signé avec 1625.

Encre de chine et plume. D. Franken Dz. Paris.

11. Homme manchot dans une brouette, gueux au second plan.

Encre de chine et plume. Musée Teyler à Haarlem,

12. Berger debout, à gauche son troupeau, des ruches, dans le fond une ferme.

A la plume. Musée Teyler à Haarlem.

13. Chasse au lièvre. Un homme à cheval, suivi de deux autres, armés de piques.

Plume et encre de chine. Musée Teyler à Haarlem.

14. La femme ramenée par ses parents chez son mari; effet de lumière. Encre de chine et plume; gravé par? dans *J. Cats Houwelyck.*

(Vendu fl. 15.— à Hulswit. Vente B. de Bosch, Amst. 10 Mars 1817.

15. Marché avec figures, très naturel, encre de chine.

(Vendu fl. 2.— à Nyman, même vente.)

16. St. François dans un paysage, avec plusieurs animaux. Pierre noire, sur vélin.

(R. Weigel. Kunst cat I. 1104)

17. Titre emblématique pour un des ouvrages de J. Cats. Plume et encre de chine.

(Vente J. v. Dyk, Amst. 14 Mars 1791.)

18.—19. Deux paysages, l'Été et l'Hiver. Plume et encre de chine.

(Même vente.)

20. Sujet allégorique, composition d'un grand nombre de figures. A la plume et à l'encre de chine.

(Vente Camberlyn, Paris 20 Nov. 1865.

21. La mort entraînant un homme. A la plume et à l'encre de chine.

(Vente A. G. de Visser, la Haye 8 Mars 1869.)

22. Pont dans une forêt. Encre de chine.

(Vente J. Meulman, Amst. 13 Avril 1869.)

23. Intérieur d'une chambre à coucher richement meublée. Encre de chine.

(Vente G. Leembruggen Jz, Amst. 5 Marz. 1866.)

24. Un intérieur, un paysan. Encre de chine.

(Même vente.)

25. Un cheval attaché à un arbre. Encre de chine.

(Même vente.)

26. Voyageurs dans la cour d'une auberge. Encre de chine.

(Même vente.)

27. Halte de chasseurs. Encre de chine.

(Même vente.)

28. Halte de chasseurs. Encre de chine.

(Même vente.)

29.—77. 49 dessins pour les oeuvres de J. Cats. Encre de chine.

(Même vente.)

78.—79. Deux dessins por les oeuvres de J. Cats. Encre de chine.

(Vente H. de Kat, Rotterdam 4 Mars 1867.)

80.—81. Deux dessins pour les oeuvres de J. Cats. Encre de chine.

(Vente S. Feitema, Amsterdam 16 Oct. 1758.

82. *De Nassausche Heldenhemel.* Beau.

(fl. 20.— à Heemskerk. Vente J. Enschedé. Haarlem, 30 Mars 1786

83. Un paysan, au quel on polit la tête et un autre, que l'on opère aux yeux, encre de chine.

(Même vente.)

84.—87. Quatre dessins emblématiques.

(Même vente.)

88. Un dessin pour les oeuvres de J. Cats.

(Même vente.)

89.—90. Un diseur de bonne aventure et un homme et une femme qui tombent sur la glace.

(Vente Ploos van Amstel, Amst. 3 Mars 1800.

91. Portrait de Jacob Cats, aquarelle.

(Même vente.)

92. Dans un Exemplaire du livre de *Carolus Clusius. Exo-*

ticorum libri decem ex Officina Plantiniana Raphelengis 1605. conservé dans la bibliothèque de l'Université d'Utrecht se trouve un dessin à la plume du Dodo, oiseau de l'île de Maurice, dont la race est éteinte. Un fac-simile a été publié dans les *Oeuvres de l'Académie royale des sciences à Amsterdam par M. H. C. Millies en* 1868.

Au dessus du rond dans lequel on voit le portrait de l'oiseau on lit:

Vera effigies huius avis WALGH. VOGEL (*quae a nautus* DODAERS *propter foedam posterioris partis crassitiem nuncupatur) qualus una Amsterodamium pertata est a Insula* MAVRITII ANNO MDCXXVI et sous le rond.

Manu Adriani Venny Pictoris.

93. Réunion de plusieurs figures, fin de marché, plume et bistre.

(Vente A. G. de Visser, la Haye 19 Avril 1870.)

94. Vue à la Haye, encre de chine.

(Vente J de Vos, Amst. 30 Oct. 1833.)

Mr. W. C. de Jonge van Ellemeet à Middelburg possède une collection très complète sur Jacob Cats et ses oeuvres décrite par lui dans le *Museum Catsianum* et dans cette collection une quantité de dessins de van de Venne.

Dans le riche cabinet de Mr. J. de Vos Jbz. à Amsterdam sont également conservés quelques dessins de notre maître.

PORTRAITS.

GRAVÉS D'APRÈS LES DESSINS DE VAN DE VENNE.

Maurice, prince d'Orange.... 1618 gravé par W. Jsz. DELFF.
Tableaux N°. 6

Frédéric Henri, prince d'Orange 1618 „ W. Jsz. DELFF.
Tableaux N°. 7

W. Teelinck, pasteur à Middelburg.................. 1621 „ P. DE JODE.
(F. Muller, Catalogue de portraits Neerlandais 5280.

Guillaume, prince d'Orange.. 1623 „ W. Jsz. DELFF.
Tableaux N°. 10.

Fréd. Henri, prince d'Orange. 1628 „ W. AKERSLOOT.
(F. Muller. Cat. 131.)

idem 1629 „ C. v. QUEBOREN.

Amélie de Solms, princesse d'Orange................ 1628 „ W. AKERSLOOT.
(F. Muller, Cat. 188.)

Philippe IV, roi d'Espagne.. 1633 „ W. AKERSLOOT.

Cette estampe ne porte pas le nom de van de Venne comme dessinateur. C'est un profil, à gauche en cadre à enroulements avec l'adresse de *H. Hondius*.

Adriaen van de Venne....... gravé par D. v. BREMDEN 1634.
(F. Muller, Cat. 5601)

(le même).................. gravé par W. HOLLAR.
(F. Muller, Cat. 5599.)

PLANCHES HISTORIQUES ET AUTRES

GRAVÉES D'APRÈS
LES DESSINS DE VAN DE VENNE.

Les N^os^ précédés d'un M. sont ceux de l'excellent *Catalogue descriptif de planches historiques Neérlandaises par M. Fréd. Muller, d'Amsterdam* 1863—1870, dont les trois premiers volumes ont paru chez lui.

1. Rupture de la digue près de Dordrecht en 1421 — gravé par *W. Hondius* (M. 1166.)

2. Arrivée de l'électeur palatin Frédéric V et de sa femme à Flessingue, après leur mariage à Londres, 9 Mai 1613, publié par *J. Psz. van de Venne* en 1618 (voir Priv.) (*Lantsheer, Zeelandia illustrata* 526—528.)

3. Apparition d'une comète en Hollande en 1619, tiré d'un pamphlet de J. Cats. (M. 1348.)

4. Capture d'un pirate français, le Sr. la Chenay par le capitaine Corn. Daniels, 31 Mai 1619 — publié en 1619 par *J. Psz. van de Venne.* — (M. 1406.) M. Ph. van der Kellen, conservateur du Cabinet des estampes à Amsterdam croit cette estampe gravée à l'eau-forte par van de Venne lui-même.

5. Emblème de l'état des Provinces — Unies. *Jac. Oorloge inventor* 1620. *Adriaen van de Venne figuravit et exc. Middelb. F. Schillemans fecit* (M. 1416.)

6. Emblême de la tirannie du Duc d'Albe dans les Pays-Bas, avec l'adresse de *J. Psz. van de Venne.* sans nom de graveur (voir Privilèges.) (M. 514.)

7. *Nassovii Proceres,* Cavalcade des princes d'Orange et de Nassau 1621, d'après A. v. d. V. par *W. Jsz. Delff,* adresse de *J. P. Vennius* (voir Tableaux 9 et Privilèges).

8. Lit de parade du prince Maurice d'Orange (décédé le 23 Avril 1625); avec adresse de *A. v. de Venne,* par *J. Verstraelen.* Epreuves postérieures avec vers par *A. v. d. V.*, son adresse à la Haye et celle de son frère (M. 1533.)

9. Siège de Bois-le-duc en 1626. En 6 feuilles, les figures sont dessinées par *A. v. d. V.*; gravé par *S. Savry* et *B. F. van Berckenrode.* (M. 1619.)

10. Planche emblématique en l'honneur de Frédéric Henri d'Orange, dédicace en latin aux Etats — Généraux par *A. v. d. V.*; d'après son dessin par *D. v. Bremden,* avec des vers par *A. v. d. V.* 1629. (M. 1647.)

    Il est probable qu'une autre apothéose de Frédéric Henri (M. 1649), connue comme *Nassousche Heldenhemel* soit aussi de *v. d. V.*, puisque nous trouvons parmi ses *dessins* une composition avec le même titre.

11. Frédéric Henri d'Orange à cheval avec sept autres princes de sa maison etc.; d'après *A. van de Venne* par *C. van Queboren*; adr. de *A. v. d. V.* et priv. pour 15 ans en 1630 (M. 1653) (voir Tableaux 18), dans la marge inférieure 32 vers par Adriaen van de Venne en l'honneur de la famille d'Orange et de Nassau.

12. Frédéric Henri d'Orange en défenseur du jardin hollandais; gravé par *W. van de Lande*; adresse de *L. Breeckvelt* 1636. (*Vente A. G. de Visser, la Haye* 30 *Avril* 1867.)

13. Lit de mort de Frédéric Henri d'Orange 14 Mars 1647; gravé par *C. van Dalen*. (M. 1922.)

14. Même sujet, par *A. Matham*, avec vers par *Adr. van de Venne* et adresse de *A. Matham* et *Pieter van de Venne, à la Haye*. (M. 1923.)

15. Le marchand de moules, sans nom de graveur avec 32 vers de *Adr. van de Venne; à* la Haye chez *Is. Burchoorn* pour *P. v. d. Venne et les siens au marché aux tourbes*. Cette estampe se trouve dans le *Zeeusche Nachtegael* 1623. (M. 1983.)

16. Planche emblématique sur l'entrée du prince Guillaume III d'Orange comme étudiant à l'université de Leide, d'après A. van de Venne par *Corn. de Visscher?* adr. de *J. Zoet à Amst.* (M. 2146.) *Wussin, Corn. Visscher et Cat. Munnicks van Cleeff, Utrecht vendu fl.* 8.— *Cat. A. G. de Visser, la Haye* 30 *Janvier* 1867.)

17. Arrivée de Charles II d'Angleterre à Delft, 25 Mai 1660, par *D. Philippe*. (M. 2156 I[e].)

18. Départ de Charles II de Scheveningen, 2 Juin 1660, par *P. Philippe*. (M. 2156 VIe) (voir les dessins.)

19. Titre du livre *Hantvesten. Privilegien etc. van Zuytholland door J. v. d. Eyck, Dordrecht* 1628, gravé par *W. Hondius*, (*C. Kramm sur W. Hondius*.)

20. ALLEMANS VREES. — La mort pour les différents états des hommes. — Composition satyrique avec 15 vers: *Dits de vrees van alleman etc. C. v. D(alen)* fe. *Rombout van de Hoye excud.* grand in folio. Le pendant est une planche

Allemans gading par C. v. Dalen.

21. Dans un paysage une femme en grande colère, retenue par un garçon et brandissant un panier d'oeufs veut en frapper son mari, qu'elle a jeté par terre. Il lève la main pour demander grâce; derrière eux deux jeunes enfants qui crient de terreur. Sur une banderolle en haut en caractères gothiques: *Mans-hant boven.* (La main de l'homme a le dessus?) En bas sur une banderolle 2 l. *Mans-Hand .... onder.* A gauche *Adr. v. Venne Inv.*, à droite sur un bâton. *C. Kittensteyn fec. et exc.*

Rogné, h. 278, l. 372.

22. La mariée pleurant en sortant de chez ses parents et conduite par eux chez son mari. Elle tient de la main droite une chandelle allumée, de la gauche un pot. A gauche un garçon qui rit d'elle et un vielleur. Dans le haut FALLACES LACHRYMAE. Dans la marge inférieure 2 vers: *Pasce ... negas AB l* et 4 vers holl. en 2 div. *Spaert u traenkens .... doch stil.* (dont le sens est que la mariée ne doit par pleurer quand elle va avoir ce qu'elle a désiré.) *AD* (entrelacés) *v. Venne Inventor. Crispin de pas fecit et ex.*

Rogné h. 212, l. 140.

23. Deux vieux mendiants en guenilles, l'homme avec une vielle, et la femme chantant une chanson dont le titer

et le contenu se trouvent sur un papier qu'elle tient dans les mains: *Een nieuw liedeken van de ouwe en nieuwe Stoters.* Sur le sol *A. v. Venne inuen. A. Mattham Schulptor* et vers hollandais et français dans la marge inférieure, de 2 l. chacun.

Vrijsters hoort ...... de ouwe niet deughen.
Carses qu'arez tasté ...... vieille envieillie.

I. l'état décrit.

II. l'adresse de C. J. Visscher ajoutée. Les vers dans la marge inférieure remplacés par 4 autres en 2 divisions: *Dit cromme vel ..... is 's avonts leegh.*

Rogné h. 374, l. 300.

24. Noce Villageoise. — A gauche au second plan le repas. Sur le devant un couple qui danse, à gauche un paysan subissant les résultats de son intempérance. Fond de village. Sur une tablette par terre le monogramme de van de Venne et sur le pied de l'arbre à gauche *C. v. Dalen sculp.* Dans la marge inférieure. 18 vers en 3 divisions: *Siet hoe ..... morgen wijf. C. Tiel.* A gauche *A. v. Waesbergen Exc.* (A. van Waesbergen était libraire et imprimeur à Rotterdam 1664—1701.)

Rogné, h. 410, l. 510.

25. Sept femmes de différents âges et appartenant aux différentes classes de la société se battent pour une culotte d'homme, dont le propriètaire, désespéré, se tient à droite. Dans la marge inférieure. 36 vers en 6 divisions. Ces vers en moralisant le fait réprésenté font une allusion assez forcée à un passage du prophéte Isaïe (ch 3 verset 15 etc.) et disentque Dieu éprouvera le pays jusqu'à ce qu'il ne

reste qu'un homme sur sept femmes. Gravé par *C. Isaac*, avec adresse de *Rombout van den Hoeye.*

Rogné, h. 397, l. 515.

26. Deux gueux allant vers la droite. l'Homme, aveugle, avec jambe de bois, joue du violon, la femme a des castagnettes, ils sont conduits par un chien; derrière eux à gauche un gamin. Par terre sur une banderolle *Armoe soeckt List* (le pauvre doit être rusé.) sans nom de graveur, par un des *Matham.*

Rogné, h. 268, l. 154.

27. Le ramoneur. Allant à gauche, le balai sous le bras, le bâton sur l'épaule. Dans le fond des maisons avec des baraques. Sur une toile dans le haut 2 l. *Ick roep... wat te vegen.* Sans nom.

Rogné, h. 221, l. 145.

28. Homme marchant et indiquant un panier d'oeufs, qu'il tient sous le bras droit. Fond de paysage. Sur le sol *A. v. Venne inue. Matham ex* (et fecit). En bas 2 l. *Wanneer... weerpeyen.* Eau-forte.

Rogné, h. 245, l. 152.

29. Gueux aveugle jouant de la vielle, conduit par un chien. Fond de paysage avec une tour. Dans le haut sur une toile 2 l. *Hoe ruygh... wel te vinden.* Sur le sol *Matham excudit.* Eau-forte. — Douteux.

Rogné, h. 260, l. 199.

30. Marchand d'encre et de plumes, marchant vers la droite, un petit tonneau sous le bras. Fond de paysage avec maison et grange. En haut sur une banderolle en lettres gothiques. *Koop je gien int noch penne om scrijven.* (Ne voulez-vous pas acheter de l'encre ou des plumes.) Sans nom.

Rogné, h. 219, l. 159.

31. Le rétameur? Marchant vers la gauche et tenant un bâton, des pots etc. attachés à sa ceinture. En haut sur une toile 2 l. *Het is... dicht te maken.* Fond de village. Sans nom.

Rogné, h, 225, l. 158.

32. Paysan, debout, allumant sa pipe. A gauche une chatte avec ses petits, à droite un tonneau etc. et une cruche avec les armes d'Amsterdam. En bas 2 l. *Toeback seyt men... out en dooff.* Eau-forte sans nom.

Rogné, h. 253, h. 181

33. Un homme et une femme, lui se dressant sur la pointe de pieds, elle dansant en se tenant accroupie. Fond de paysage. En haut sur une banderolle en lettres gothiques *Doet ons dat eens na.* (Tâchez de faire comme nous.) Sans nom.

Rogné, h. 223, l. 183.

34. Paysan tenant un coq; à côté de lui un panier d'oeufs renversé. Il montre en riant une dame assise devant la fenêtre d'une maison, à droite; dans la fenêtre on voit un singe. Sous la fenêtre sur le mur en lettres gothiques. *Wat maeck me al om gelt.*) Que ce que l'on fait pour

l'argent.) En bas 4 l. en 2 divisions *Ey lieue luytjes... als andren is.* Sans nom. *Corn. Danckerts excud.*

Rogné, h. 306, l. 204.

35. Une vieille femme assise, mettant ses lunettes et feuilletant dans un livre ouvert sur la table devant elle. Dans la marge inférᵉ. 2 l. *Sancta... deum* et *A. v. Venne Inven. D. v. Bremden Sculp.* Sur le fond à droite en haut *A. D. L* (entrelacés) *ater ex.*

Rogné, h. 212, l. 155.

36. Deux chats-huant, habillés comme des paysans, patinent. Fond de paysage. En haut sur une toile. HOE PASSEN WY BYEEN. (Comme nous allons ensemble.) Sans nom. Douteux.

Rogné, h. 184. l. 271.

37. Un chien et une chatte, habillés, marchant la main dans la main; sur le devant trois rats joyeux. En haut sur une toile. HOE SOET IS DE LIEFDE. (Que l'amour est doux.) Sans nom.

Rogné, h. 183, l. 271.

38. Combat de deux rustres, coiffés de marmites, tonneaux etc.; on accourt pour les séparer. Sans nom, l'inscription coupée?

Rogné, h. 215, l. 165.

39. Combat de cinq personnages grotesques, armés de poêles, chaises etc. En haut sur une banderolle. *T is Jammerlyck.*

(C'est pitoyable). Sur le sol *A. v.* (accouplés) *Venne Inue. Matham exc.*

Rogné, h. 251, l. 212.

40. Cortège de gueux, habillés et coiffés de tonneaux, celui qui marche en tête tient une cape sur un balai, les enfants s'enfuient devant eux; à droite un seigneur et une dame. Sur le sol *A. v.* (accouplés) *Venne. Inv.* Dans la marge infér^{e}. 12 vers en 3 div. en caracterès de civilité. *Siet hier . . . en hout u veel. Abrah. Waesb. exc.* Belle gravure sans nom par *C. v. Dalen?*

Rogné, h. 230, l. 282.

41. Marchande de souricières; des rats morts attachés partout sur le corps et à la ceinture deux chats; sur la main droite un rat portant lunettes; elle est entourée de gamins. En bas 1. l. *Siet hoe ik katten vang om te veilen Muise-prang.* sans nom, par un des *Matham?*

Rogné, h. 260, l. 220.

42. Homme et femme qui dansent. Lui, coiffé d'une chaufferette et un panier autour du corps, des pincettes etc.; elle la tête prise dans une lanterne, le justaucorps de son mari boutonné sur son corsage. En haut sur une banderolle *Wonder wat nieuws* (quelque chose de nouveau); sur le sol, à gauche, en lettres presqu' illisibles *A. v. Venne . . . fecit.*

43. Frontispice d'un livre, contenant le titre en 6 l. et la représentation d'une séance de la Cour suprême de Hollande.

D. Iacobi Coren *in Supreme Senatu Hollandiae Zeeland. Frisiae dum viveret Assessoris* OBSERVATIONES RERVM IN *eodem Senatu judicatarum. Item consilia quedam.* En bas dans un cartouche HAGAE COMITIS. *Apud Arnoldum Meuris cum privilegio annorum XIII.* A gauche *A. v. V.;* à droite *A. St(ock)*

La séance se tient dans une grande salle avec une cheminée gothique dans le fond. Dans l'enceinte intérieure entourée d'une cloison siègent les conseillers. Le président est assis dans un fauteuil, le chapeau sur la tête et un bâton dans la main, devant lui, derrière une grande, table, les trois greffiers? Sur les sièges rangés contre la cloison les membres du conseil et plus sur le devant à droite sur un siège à dais deux conseillers. Du côté du spectateur le public; deux personnes causent avec des avocats.

Rogné, h 145, l. 117.
Ce livre a été publié en 1632 chez *Aert Meuris*, libraire a la Haye, par *la veuve de Jac. Cooren* avec privilège pour 13 ans.

44. Frontispice du livre d'histoire. HISTORIE... VAN SAKEN VAN STAET EN OORLOGH... DOOR... LIEVWE VAN AITZEMA IN 'S GRAVENHAGE BY IOHAN VEELY 1657–1661. 6 vol. Les armes de Hollande, tenues par Minerve et Mars; de chaque côté une colonne; en haut deux anges tenant 4 médaillons avec portraits, de Guillaume Louis, Maurice, Fréd. Henri et Guillaume de Nassau. En bas deux anges avec un cartouche sur lequel CEDANT ARMA TOGAE, et une banderolle. Le fond présente à gauche une mer avec vaisseaux, à droite une ville et des champs. A droite en bas *A. v. Venn* inv. *Corn. Vis.* (*Visscher*) *fecit.* (Wussin 141.)

H. 202, l. 159.

45. Frontispice de: *Chronici* ZELANDIAE *libri duo Auctore* IACOBO EYNDIO. *Domino Haemstede etc. Ex officina moutertiana* MDCXXXIV. Ce titre en 10 l. est inscrit dans un cartouche à enroulements en forme de coeur placé contre un monument architectural. Dans le haut les armes de Zélande tenues par deux génies; à gauche Minerve et Neptune, à droite une femme tenant un caducée et l'Histoire. Entre les piedestaux portant ces personnages une vue de la mer avec plusieurs vaisseaux; les piedestaux ont comme de petites cases contenant une boussole, des livres, un encrier etc. Sur une banderolle sous la marine *Quà patet Oceanus*. Sur les bases *A. Venne in. D. v. Bremden sc.*

H. 169, l. 127.

46. Frontispice de: PHILIPPI LANSBERGI TABVLAE MOTVVM COELESTIVM PERPETVAE.... MIDDELBVRGI.... *Apud.* ZACHARIAM ROMANVM. MDCXXXII. Ce titre en 18 l. occupe le milieu d'une monument architectural dont les deux côtés ont deux niches cintrées superposées et un piedestal. Les niches à gauche contiennent les portraits en pied de *Ptolomeus* et *Rex Alfonsus* et le piedestal le buste de *Tycho Brahé*. Celles de droite *Albategnius* et *Copernicus*, le piedestal. *P. Lansbergius*. En haut *Aristarchus Samius* et *Hipparchus Rhodius* et en bas entre les piedestaux la terre tournant autour du soleil. Sur une banderolle *Hinc omnia lustrat*. Contre les bases *A. v. Venne in. D. v. Bremden sc.*

H. 5 , l. 169.

Ce frontispice a aussi servi pour l'édition française publiée par Roman en 1633. On a alors collé sur la partie contenant le titre un autre titre en français de 19 l. en caractères mobiles.

Il a également été employé pour l'ouvrage PHILIPPI LANSBERGII.... OPERA OMNIA 1663. Ce titre en 9 l. remplace alors celui de 1633. Toutes ces trois éditions ont le portrait de Lansbergen par *Delff.*

47. Frontispice de: PHILIPPI LANSBERGI *In* QVADRANTEM... *Introductio*... MIDDELBVRGI *Apud Zachariam Romanum. Sub insigni Bibliorum de auratorum. Anno* MDCXXXV. Un seigneur se promenant, tient dans la main un quadrant. Un autre plus loin essaie un autre instrument; dans le fond la ville de Middelburg. Sans nom de graveur.

H: 130, l. 110.

48. Frontispice de: *Jac. van Oudenhoven, Oudt Hollandt en Zuydt Hollandt vervattende een generale beschrijvinge. Dordrecht* 1654 gravé par *Willem Hondius.*

49. Frontispice de: *Oorspronck, Gelegentheyt.... der Stadt van 's Hertogenbosch.... door Pieter Bor Christiaenszoon* 1630. Gravé par *C. van Queboren.*

H 150, l. 125.

OUVRAGES

ÉCRITS PAR A. VAN DE VENNE.

I. ZEEVSCHE NACHTEGAEL ENDE *desselfs dryderley gesang.... Hier is noch bygkevoeght een Poëtisch werck genhaemt* TAFEREEL VAN SINNEMAL.... TOT MIDDELBVRG. *Gedruckt by Jan Pietersz. van de Venne. Cunst en Boeckvercooper, woonende op den hoeck van de nieuwe Beurse in de Schildery-winckel* ANNO 1623. *Met privelegie voor 7 jaren.*

Recueil de poésies par des littérateurs de Zélande, réunies par Jan Pietersz. van de Venne qui y a inséré deux de ses propres poèmes. *Klacht-minne-brief* et *Vreuchdenliedt over de gheboort Christi.* Il contient d'Adr. van de Venne:

Zeeusche Meyklacht.... (voir sur ce poème intéressant sa biographie.) et *Psaume* 5.

L'ouvrage *Tafereel van Sinnemal* est entièrement d'Adriaan. La préface est intéressante.

Le *Middelburgsche Lauwerhof* contient une description de l'établissement de Jan Pietersz., des magasins de curiosités etc. — Le poème *Minnemal van Dicke Leendert* est dédié à *Jacob de Geyn le jeune, à la Haye.* Parmi les autres le *Sinnighe Zeeusche slijper* a une dédicace à *Madeleine van de Passe* qui avait offert de ses gravures au peintre, le *Boersche Eyer-clacht,* à son ami *Michel Le Blond* (diplomate et artiste), le *Zeeusche Mossel-man* à *Pieter van Meldert,* et les *Sinnighe Neep-Cluytiens* a son ami, le graveur *W. Jacobsz Delff.*

Il y a dans cet ouvrage 16 très belles gravures d'après ses dessins par *D. van Bremden, W. de Pass, P. de Jode,*

C. van Queboren et *P. Serwouter*. Les jolies vignettes, culs de lampe et entêtes sont de son invention, entre autres le port de Middelburg.

Il existe du Zeeusche Nachtegael

l'édition de 1623, en 4°.

une autre de 1632 en 12° oblong chez *Isaeck van Waesberghe à Rotterdam* avec 16 pl. mal gravées et copiées sur celles de la première édition (il y a des Exemplaires avec l'année 1633 sur le frontispice gravé).

une en 8°. 1633.

„ „ „ 1633 chez Antoni Jacobsz à Amsterdam.

„ 1651 „ Joost Hartgers à „ en 12°. oblong.

II. Adr. van de Vennes tafereel van de *belachende* werelt.... in 's gravenhage, *gedruckt voor den Autheur, ende by hem ende de syne te koop, op de Turf-Marckt, in de drie Leer-konsten* 1635.

La forme que van de Venne a adoptée pour communiquer au lecteur ses observations sur ce qui se passe dans le monde est celle de la conversation entre un paysan qui vient visiter la foire de la Haye et une paysanne de sa connaissance. D'autres villageois les rejoignent et ils ont quelques aventures et rencontres. Un seigneur de la Haye les ayant suivi, fait le récit de leurs conversations.

Van de Venne a donné libre cours dans cet ouvrage à ses idées philosophiques et à son penchant pour les mots nouveaux et accouplés et pour les dictons populaires.

Dans la préface il dit qu'il a laissé de côté pour quelque temps la peinture, occupé comme il l'était des dessins pour les oeuvres de J. Cats.

Onze gravures, dont quelques unes, comme la vue de la foire, sont très jolies et plusieurs vignettes sur bois, toutes de son invention, ornent ce volume.

III. A. VAN DE VENNES. SINNE-VONCK *op den Hollantschen Turf.... hier noch by-gevoegt een vermakelyken Hollantschen Sinne-Droom.... van den Ouden Italiaenschen Smit.* IN 'S GRAVEN-HAGE *By* ADRIAEN VAN DE VENNE, *Schilder ende syne Erffgenamen te koopen op de Turf Marct, in de drie Leer-Konste. Uytgevormt in de Poëtische Druckerye van* ISAAC BURCHOORN, 1634.

Eloge de la tourbe.

Contre l'abus du tabac.

l'Histoire du serrurier italien Doddus.

Plus que les autres poésies de van de Venne ce petit livre est rempli de dictons et de mots accouplés, dont le sens est très souvent assez obscur.

Portrait de l'auteur par *D. van Bremden*, d'après lui-même, 2 gravures par *A. Matham* et 6 sans nom de graveur.

M. Rud. Weigel dans son Kunstcatalog. X. 10934 en citant le livre dont le titre suit, dit que van de Venne doit avoir gravé à l'eau-forte les planches nouvelles et retouché les anciennes de Marcus Geraerts qui ont orné l'édition de 1567. Pour moi je crois que notre artiste a ajouté quelques vers seulement et que les gravures ne sont nullement de lui. D'ailleurs le titre ne dit pas autre chose.

Woudt van wonderlicke Sinne Fabulen der Dieren.... Tsamen ghestelt door Steven Peret, wederom met Sinnerycke Gedichten op 't nieu by-ghevoecht, verbetert en vermeerdert door Adriaen van de Venne. Schilder. Tot Rotterdam, by Isaac. van Waesberge.... 1632.

OUVRAGES

ILLUSTRÉS PAR VAN DE VENNE.

Pour les oeuvres du poète Cats je n'ai pris que les éditions originales in 4°. Les gravures dans les éditions postérieures sont presque toutes des copies; le graveur a souvent, comme dans l'édition de 1665 in folio chez *Jan Jacobsz Schipper. Amsterdam* changé les costumes d'après la mode du temps. Voir sur Cats, ses oeuvres etc. le livre intéressant de *Mr. de Jonge van Ellemeet. Museum Catsianum.*

I. SILENVS ALCIBIADIS.... *Vitae humanae ideam.... oculis subjiciens.* MIDDELBVRGI. *Ex Officina Typographica Iohannis Helleny Anno* MDCXVIII. *Cum Privilegio,* par J. Cats.

Frontispices des trois parties de ce recueil d'emblèmes, gravés par *F. Schillemans,* le premier et le troisième sont signés par van de Venne avec le millésime 1618, le deuxième n'a pas de nom de dessinateur ou de graveur. Page 106, partie II se trouve une très belle gravure, de la largeur de deux pages réprésentant la cour intérieure de l'abbaye à Middelburg avec des enfants qui jouent. En haut une ligne d'inscription en lettres gothiques *Kinder-spel* etc. et EX NVGIS SERIA. — Cette planche n'a aucune indication de dessinateur ou de graveur, mais elle doit être d'après van de Venne. — Je ne crois pas que toutes les 51 planches d'emblèmes soient de l'invention de notre peintre.

Le même volume contient un autre ouvrage de Cats MAECHDENPLICHT (*devoir des demoiselles*) avec une planche des armoiries des pucelles, sans noms, d'après *A. van de Venne?,* 44 planches emblèmes d'après d'autres artistes et une planche, maison de campagne.

Le 21 Août 1619 *van der Hellen (Hellenius)* transporta son privilège à *Willem Jansz. Blaeuw d'Amsterdam*, qui dans la même année et en 1622, donna deux nouvelles éditions du *Silenus* et du *Maechdenplicht*. La planche des jeux d'enfants a été remplacée dans cette dernière édition par une autre réprésentant la promenade du Lange Voorhout à la Haye et signée *A. V.* (accolés) *Venne inuen, J. Verstralen f.*

Le même ouvrage. PROTEVS *ofte Minnebeelden Verandert In Sinnebeelden....* 1627. Le privilège de *van der Hellen* finissant en 1624, a été renouvelé ou accordé à *Jan Pietersz. van de Venne à Middelburg et A. van de Venne à la Haye* pour 15 ans (pour les emblêmes et appendices de Cats, 22 Mars 1625). Il fut transporté à *P. van Waesberge à Rotterdam* par *Adr. van de Venne* et *Cath. van Geyn, Veuve de Jan Pietersz van de Venne* le 26 Juillet 1626.

Titre d'après *A. van de Venne?* sans nom.

Les planches sont des copies en contrepartie de celles de l'édition de 1622.

On y a ajouté pages 2 et 8 deux belles gravures par *J. Swelinck*, toutes les deux d'après *van de Venne*, la première le marché aux poissons à Middelburg avec figures, l'autre datée de 1626, un intérieur. Dans le même volume d'autres poésies de Cats. ANNA et PHILLIS, AMERIL, GALATHEE.

Portrait d'Amaril (suivant *Zeelandia illustrata* c'est Elisabeth Cats) d'après *A. van Venne* par *T. Matham.*

Portrait de Galathee (suivant *Zeelandia illustrata* c'est Anna Cats) d'après *A. van Venne.* par *T. Matham.*

Dans le *Galathee*, il y a 3 pl. par *Simon van de Pass* (ayant déjà servi dans *Comp. Op. Virgil.* 1612) et une d'après *v. V(enne)* par *J. Swelinck*, homme et femme, montant un seul cheval.

II. I. CATS. TOONEEL VAN DE MANNELICKE ACHTBAERHEYT... TOT MIDDELBVRG. *Gedrukt by Hans van der Hellen voor Jan Pietersz. van de Venne, woonende op den houck van de nieuwe Beurse in de Schildery-winckel. Anno* 1622.

Dans la préface l'éditeur se plaint des nombreuses contrefaçons et indique les différences qui existent entre cette édition et l'édition authentique.

Deux pl. d'après *A. van de Venne* par *P. de Jode.*
Une „ „ *idem* 1622 „ *P. S(erwouter)*
Une „ „ *idem* „ *Wil. (van de) Pass*

La 2e. édition, de 1623 porte sur le titre. *Gedruckt by Jan Pietersz. van de Venne etc.*

Jan Pietersz. obtînt le 22 Juillet 1622 un privilége pour 7 ans pour cet ouvrage.

III. I. CATS. SELFSTRYT..... TOT MIDDELBVRG. . . *Gedrukt by Hans van der Hellen, voor Jan Pieterss. van de Venne, woonende op den houck van de nieuwe Beurse in de Schildery-winckel Anno* 1621. *Met Privilegie voor vier Jaer. De Auteur en kent geen exemplaren voor de syne, dan die gedruckt syn by van der Hellen.* (2e. édition) (Privilège daté 16 Mai 1620)

Titre d'après *A. van de Venne* par *F. Schillemans.*
Trois pl. „ *idem* „ *P. S(erwouter), J. G(elle)* et *P. de Jode.*

A la fin SINNEBEELD.... *des....* SELSFSTRYDS.... *Gedruckt by Hans van der Hellen, voor Jan Pietersz van de Venne, woonende op den houck van de nieuwe Beurse, in de Schildery-winckel* 1621.

Une pl. sans nom d'après *A. van de Venne.*

2e. édition. — La troisième publiée en 1625 avec privilège pour 15 ans accordé à Adriaen en 1625, est imprimée chez la veuve de J. Pietersz. van de Venne et se vendait chez elle et chez Adriaen à la Haye, op de *Fluweele burghwal 't ende de poten.*

IV. HOVWELYCK DOOR I. CATS.... TOT MIDDELBVRGH. *In de druckerye van Jan Pietersz. van de Venne, in syn leven Kunst- en Bouckdrucker, op den houck van de nieuwe Beurse in de nieuwe Druckery.* Anno 1625. *Met Privilegie voor* 15 *jaren* (accordé à *A. van de Venne.*) *Men vint dese boucken te koop in den winckel van wijlent Jan Pietersz van de Venne tot Middelburgh. Ende ook by Adriaen van de Venne, Schilder en Teyckenaer, woonende in 's Graven-Hage.*

Préface intéressante d' *Adr. van de Venne.*

Titre et 38 pl. gravées par *Th. Matham, D. v. Bremden, P. Serwouter, C. v. Queboren, A. Matham,* un des *van de Pas, P. de Jode.* Ce sont les plus belles illustrations de tous les volumes du *Cats.* En outre les belles vignettes et lettres ornées sont de l'invention de notre artiste ainsi que les vues des villes de Dordrecht, la Haye gravées sur bois.

V. DE HOLLANDSCHE LUS *Met de* BRABANDSCHE BELY..... *Door* GILLIS IACOBS QVINTIJN. *Gedruckt in 's Gravenhage Anno* 1629. *Men vint se te coop by den Autheur etc.*

Dix pl., dont 7 signées par *A. van de Venne,* les autres sont aussi d'après lui. Les jolies gravures sont de *T.* et *A. Matham, C. v. Queboren, C. v. Kittenstein, G. van Scheyndel.* Ce petit livre in 24 oblong est composé par l'auteur (en vers) comme exhortation à la jeunesse de la ville de Haarlem, qui, à ce qui paraît, était très débauchée. Il contient des particularités curieuses pour l'histoire des moeurs.

Cinq de ces gravures se trouvent (en épreuves très faibles) dans le livre. *J. v. Nyenborchs Hofstede.... Tot Groningen gedruckt by J. S. Boeckdrucker op de Hoge-straet* 1659. 4°.

Un autre ouvrage du même auteur ORAENIENS GROLSGE-WIN .... TOT HAERLEM. *Gedruckt by Harman Theunisz Kranepoel, Boeckdrucker in de Korte Bagynestraet int groene Kruys* 1627. *Men vint se te koop by den Autheur aldaer* contient une planche d'après *van de Venne* par *C. Coninck* (de Haarlem). Frédéric Henri d'Orange en calèche entrant au palais des stadhouders à la Haye et complimenté sur la prise de Grol.

VI. SPIEGEL. *Van den Ouden en de Nieuwen Tijdt.... Door* J. CATS. IN 'S GRAVENHAGE. *By* ISAAC BVRCHOORN. *Boeckdrucker* CIↃ IↃ CXXXII. *Met Privilegie voor* 15 *Jaren.*

Titre et 124 pl. d'après *A. van de Venne*, gravés par *A.* et *Th. Matham* (1627) *W. Hondius, C. v. Queboren, D. van Bremden, A. Stock, J. Swelinck.*

VII. 'S WERELTS BEGIN.... TROVWRINGH *door* I. CATS.... TOT DORDRECHT. *Voor Mathias Havius* .... ANNO 1637 ....

Titre et 31 pl. d'après le dessin d' *A. van de Venne.*
2 „ „ „ „ *idem?*

Les autres d'après *J. Matham, J. Olis, S. de Vlieger, J. Gsz. Cuyp, J. Hessels,* gravées par *A. Matham, C. v. Queboren, D. v. Bremden.*

Portrait de J. Cats, par *C. van Dalen,* d'après *Miereveld.*

VIII. KEPKYPAIA MAETIE, SATYRA, DAT IS 'T COSTELICK MAL.... *Door den hoogh-geleerden Heer* CONSTANTIN HUYGENS.... TOT MIDDELBVRG. *Gedruckt by Jan Pietersz van de Venne Cunst en Boeckdrucker, woonende op den houck van de nieuwe*

Beurse in de Schildery-winckel. ANNO 1623. *Met Privilegie* (pour 7 ans 22 Juillet 1622) (2e. édition).

1 pl. d'après *A van de Venne* par *J. Gelle.*

IX. BATAVA TEMPE DAT IS VOORHOVT VAN 'S GRAVENHAGE. *Poetelick aff-ghemaelt door den hoogh-geleerden Heer* CONSTANTIN HVYGENS.... TOT MIDDELBVRG. *Gedruckt by Jan Pietersz. van de Venne, woonende op den houck van de Beurse in de Schildery-winckel* ANNO 1623. *Met Privilegie* (pour 7 ans 22 Juillet 1622) (2e édition).

1 pl. d'apres *A. van de Venne* par un anonyme.

X. I. CATS. OVDERDOM, BVYTEN-LEVEN *en* HOF-GEDACHTEN.... 'T AMSTERDAM. *By* IAN IACOBSZ SCHIPPER 1656. *Met Privilegie voor* 16 *Jaren.*

Titre et 45 pl. d'après *A. van de Venne*, gravés par *C. v. Dalen, M. Mozyn, C. van de Pas, S. Savry*, une d'après *C. van de Pas Junior* par lui-même.

XI. ASPASIA.

Titre d'après *A. van de Venne* par *C. van Dalen.*

XII. HVWELYCK-FUYCK (Nasse du mariage).

Une pl. d'après *A. van de Venne* par *C. van Dalen.*

XIII. DOOT-KISTE *voor de Levendige.*

Titre par *C. van Dalen* et 23 pl. d'après les dessins d' *A. van de Venne* par des graveurs inconnus.

XIV. LES METAMORPHOSES. D'OVIDE. . . . DE LA TRADVCTION DE M. PIERRE DVRYER PARISIEN.

Dans l'édition de 1677 *à Bruxelles chez François Foppens* il y a un certain nombre de planches gravées par *Madeleine van de Pas*, dont quelques unes me paraissent dessinées par *van de Venne*. Je ne saurais le dire avec certitude que d'une gravure que l'on trouve à la page 335 réprésentant la course d'Atalante et d'Hippomène. h. 165, l. 230.

Van de Venne a introduit dans cette scène, comme spectateurs, une vieille bohémienne et plusieurs de ces personnages plus ou moins grotesques qui peuplent ses tableaux et ses dessins; il s'y est aussi réprésenté lui-même.

La première édition de cet ouvrage parût à Paris en 1660, la troisième à Amsterdam chez Blaeu en 1702.

Madeleine van de Pas étant déja morte en 1640, les gravures pour les méthamorphoses de du Ryer sont donc antérieures de plus de 20 ans à la première édition. Cependant je ne crois pas qu'elles aient paru, soit séparément ou en collection, avant la publication de ce livre. L'éditeur aura probablement acheté les planches et celle de Salmacis et Hermaphrodite d'après J. C. Pinas (publiée aussi séparément en 1623) aux héritiers de Madeleine.

XV. NEDERLANDTSCHE GEDENCK-CLANCK *kortelick openbarende de voornaemste geschiedenissen sedert den aenvang der Inlantsche beroerten.... tot den Jare* 1625..... *Door* ADRIANVM VALERIVM TOT HAERLEM. *Gedruckt voor de Erfgenamen van den Autheur, woonende ter Veer in Zeeland* 1626. *Met privilegie voor Ses Jaren.* Avec poèmes et musique. Description succincte de la guerre pour la liberté des Pays-Bas.

8 planches gravées presque toutes avec soin par *P. Ser-*

wouter), *D. van Bremden?* et *Th. Matham?* Sur une d'elles se trouve le nom de van de Venne comme dessinateur, mais elles sont toutes d'après lui.

XIV. *Johannes de Brune* I. C. EMBLEMATA *of Zinnewerck.... t' Amsterdam by Jan Evertsen Kloppenburch, Boeckverkooper... Anno* 1624. A la fin TOT MIDDELBVRG. *Gedruckt by Hans van der Hellen Anno* MDCXXIV.

Titre et 51 planches accompagnant autant de petits traités de morale et de religion.

Elles sont presque toutes d'après les dessins de van de Venne, quoique quelques unes seulement portent son nom. Le titre me paraît d'un autre artiste. *W. van de Pas, J. Gelle, C. Blon, J. Swelinck, A. Poel,* ont gravé ces jolies compositions dont plusieurs, réprésentant des intérieurs etc, donnent des particularités très intéressantes pour l'histoire des moeurs.

Il existe de cette belle suite d'emblêmes une édition de 1624, une de 1636, un autre de 1661 chez *Jan Jacobsz. Schipper, Amsterdam* et une sans date chez *Abraham Latham.*

HUYBERT, JAN PIETERSZ.

ET

PIETER VAN DE VENNE.

Huybert van de Venne, fils d'Adriaen.

Inscrit en 1665 dans la chambre de Pictura à la Haye, comme peintre d'emblêmes et de grisailles. Le biographe *Campo Weyerman IV.* 46 dit qu'il fût disciple de son père et bon peintre d'enfants, de vases et d'autres ornements en grisaille.

Il vivait encore à la Haye en 1676.

Voir pour les autres enfants d'Adriaen, la biographie du peintre.

Jan Pietersz. van de Venne, frère d'Adriaen.

Il demeurait à Middelburg, au coin de la nouvelle bourse dans le *Schildery-winckel* (le magasin de tableaux). D'après la description que son frère Adriaen nous donne de cet établissement dans le *Tafereel van Sinnemal* il doit avoir été très important, imprimerie, commerce de tableaux, de gravures etc.; il y avait un jardin entouré de galeries en berceaux. (planche dans *le Sinnemal* page 1). — Jan Pietersz. avait épousé *Catherine van Geyn*, fille? du graveur

Il est mort à Middelburg en 1625, après le 28 Avril.

Les publications que nous connaissons de lui sont les suivantes (voir les Privilèges et actes officiels).

1619. *Les portraits de Maurice et de Frédéric Henri d'Orange gravés par W. Jsz. Delff.*

1618. *L'arrivée de l'Electeur Palatin du Rhin à Flessingue.*

1619. *La capture d'un pirate français par C. Daniels.*

1621. *La cavalcade des Princes d'Orange, gravée par W. Jsz. Delff.*

1622. *Costelick Mal en het Haagsche Voorhout, de Constantin Huygens.*
Planche de la tirannie du Duc d'Albe.

1623. *Tooneel der Mannelycke Achtbaerheyt de J. Cats.*

1623. *Zeeusche Nachtegael de A. van de Venne.*

1623. *Portrait de Guillaume I d'Orange, gravé par W. Jsz. Delff.*

1625. *Sinnebeelt van den Selfstryd de J. Cats,* publié dans la même année par sa veuve et Adriaen.

1625. *Houwelyck de J. Cats,* (vendu par A. van de Venne et dans la boutique de feu Jan Pietersz). Il avait obtenu le privilége le 22 Mars. Il se trouve en tête de la IIe partie un joli poëme par Jan Pietersz, dédicace aux demoiselles Neêrlandaises.

1625. Le 22 Mars il obtînt avec Adriaen privilège pour 15 ans pour le *Silenus Alcibiadis de J. Cats.* Sa veuve et Adriaen transportèrent le brévet le 26 Juillet 1626 à *Pieter van Waesberge te Rotterdam,* qui publia l'ouvrage en 1627.

1625. Avec Adriaen (à la Haye) *le lit de parade de Maurice d'Orange, gravé par J. Verstraelen.*

Pieter van de Venne, fils de Jan Pietersz. (?)

Publie en 1647 à la Haye avec *A. Matham,* le *Lit de Mort de Frédéric Henri d'Orange* (Muller II, 1923).

Publie en 1650 à la Haye avec *Is. Burchoorn* le *Vendeur de Moules. (P. van de Venne et les siens au marché aux tourbes,* donc chez son oncle Adriaen (Muller II 1983).

En 1618 il est noté pour avoir payé à la gilde de la Haye son inscription comme apprenti chez....

En 1639 il est entré dans la gilde de la Haye.

En 1656 il était parmi les fondateurs de la nouvelle chambre de Pictura à la Haye.

Janneken van de Venne, ouvrière en parchemin à la Haye en 1599.

Jan van de Venne, capitaine du vaisseau „Bonne Espérance" de la Compagnie des Indes Orientales, en 1619.

Corneille van de Venne, au Brésil en 1643.

Michel van de Venne, au Brésil en 1643.

Jan van de Venne, au Brésil en 1643.

Jan van de Venne, Outdeken van de Balanskinderen à Middelburg en 1674.

Anna Catharine et Clara van de Venne, filles de Pieter van de Venne et Susanne Engelgraaf, à Amsterdam en 1701.

Catherine van de Venne, Veuve de Jos. Moercourt, pasteur à Amsterdam en 1701.

www.ingramcontent.com/pod-product-compliance
Lightning Source LLC
LaVergne TN
LVHW012018220826
846092LV00001B/395

9782329770437